황홀, 오직 오늘의 것

황홀, 오직 오늘의 것

김서희 에세이

도서출판 북인

"작품 앞에 서면 더 많은 것을 사유하고
무한한 상상력이 펼쳐진다.
간결하지만 깊은 아름다움을 볼 수 있다."

그림을 그린다는 것

그림을 그린다는 것은 내겐 축복이다.

그림을 그리지 않았다면 내게 주어진 날들을 어떻게 견뎠을까 싶다. 책을 읽으며, 그림을 그리며 화우들과 어울려 지낸 시간이 적지 않다. 비록 왜 사는지에 대해 깊이 고민하지 못했지만, 나름 최선을 다해 살아왔다. 내 생의 시간 속에 있던 많은 사람은 그저 스쳐 지나가는 이도 있었고, 깊은 생채기를 낸 사람도 있었다. 하루가 멀다하고 만나 예술과 세상에 대해 논쟁하던 이는 이미 세상을 버리기도 했다.

내게 온 사람들은 그냥 왔을까 생각한다.

윤회가 있다면 현생에서 나를 고통스럽게 한 이들은 내가 전생에 얼마나 힘들게 했기에 이럴까라는 생각도 해본다. 짧다고도, 길다고도 할 수 없는 생이지만 현재는 글을 쓰고, 그림을 그리는 삶에 감사하고 있다. 내가 누군지도, 왜 사는지도 모른 채 결핍을 준 사람만 바라보며 산 세월은 어두운 동굴에서의 삶이었다. 어둠을 당연하게 여기고 순응하며 살았다. 동굴을 나가면 환한 세상이 있다는 것도 알지 못하면서 말이다.

어느 때부터인가 명상을 했다. 명상하면서 내 상태를 알아차리고 깨닫는 순간이 왔다. 생각지도 않게 다가온 깨달음은 나를 동굴에서 나오게 했고, 나오자마자 늪에 빠졌다. 다행히 깊이 빠져들지 않고 나올 수 있었다. 나는 지금 밝은 햇살 눈부신 세상에 있다. 결핍이 있어 예술을 할 수 있음에 감사하다.

세상으로 나가는 중 이제하 선생님과의 2인전은 나를 세우는 힘이 되었다. 선생님께 감사드린다. 책을 나오게 해준 김정수 시인과 도서출판 북인에 감사드린다. 내가 하고 싶은 일을 할 수 있게 묵묵히 지켜봐준 남편 덕분에 책이 나올 수 있었다. 또한 딸 해리, 사위 재원에게 고맙다. 손주 이안이는 내게 커다란 기쁨을 주고 웃음을 선사하고 있다. 지금 이 순간, 살아 있음에 무한히 감사한다.

2022년 꽃샘추위 즈음에

김서희

차례

책을 열며 | 그림을 그린다는 것 · 6

제1장 예술을 한다는 것은

운명 · · 12 | 응시 · · 13 | 기운생동 · · 14 | 시와 색 · · 16
Time & Place · · 18 | 비구상, 혹은 서정 추상 · · 19 | 그린다는 것 · · 21
관찰 · · 22 | 상像에 집착하는 것 · · 24 | 치유의 삶 · · 26
소묘 · · 28 | 작업실 · · 30 | 작업 · · 33 | 노동 · · 34 | 기본기 · · 36
비구상미술 감상은? · · 38 | 나는 내가 하고 싶은 것을 한다 · · 40
한량 · · 42 | 3초 크로키 · · 45 | 예술을 하려는 이들에게 · · 46
아침명상 · · 48 | 소리 · · 49

제2장 즐거운 공간

그리운 작업실 · · 52 | 봄이 온다 · · 53 | 오늘 아침 · · 54 | 여름 정원 · · 55
봄날 · · 56 | 변화 · · 57 | 시골 부자 · · 58 | 가을 사치 · · 60 | 오늘 · · 62
마당 · · 64 | 만남 · · 65 | 잡초 · · 66 | 들꽃 · · 67 | 맑음 · · 68 | 자연 · · 70
사기 · · 72 | 고민 · · 73 | 쑥떡 · · 74 | 씀바귀 · · 76 | 장맛 · · 78 | 재미 · · 79
나물 · · 80 | 무지 · · 82 | 열매 · · 84 | 5월 · · 85 | 슬그머니 · · 86 | 대가 · · 87
산수유나무 · · 88 | 상태 · · 89 | 시골인심 · · 90 | 하루 · · 92
용서한다는 것 · · 94 | 대추나무 · · 96 | 산책 · · 98 | 이곳은 봄 · · 99
이기적인 마음 · · 100 | 꽃보다 사람, 풍경이 아름답다 · · 102

사람은 그릇과 같다 · · 104 | 나무 · · 105 | 공부 · · 106
동치미와 군고구마 · · 107 | 친구 · · 108 | 불편하지만 행복한 · · 110 | 잠 · · 113
시골 아침 · · 114 | 봄 마중 · · 115 | 버섯 · · 116 | 음기 · · 117 | 뉴스 · · 118

제3장 그 지점 어딘가에 있을 기쁨

꿈 · · 122 | 도시 · · 123 | 매력 · · 126 | 향수 · · 129 | 탐구 · · 130 | 늙음 · · 132
후각 · · 134 | 이것이 좌파 · · 136 | 동백 · · 138 | 바람과 선물 · · 140
생각 · · 143 | 추억 · · 144 | 결혼 · · 146 | 걷기 · · 148 | 아날로그적 감성 · · 150
설날 · · 152 | 낮술 · · 154 | 회상 · · 156 | 사치 · · 158 | 제하 샘 · · 160
노인 · · 161 | 신흥리 · · 162 | 구토 · · 163 | 휴식 · · 165
당신 · · 166 | 망각 · · 167

제4장 여행, 그리고 안부를 묻다

공항 단상 · · 170 | 회귀 · · 172 | 삶을 즐기려면 · · 174 | 백련사 · · 176
서귀포에 이중섭거리가 있다 · · 177 | 내 아름다운 삶을 위한 · · 180
모슬포항 · · 182 | 묵호 곰치국 · · 185 | 한라산 영실 코스 · · 186
유배지 제주에 오기까지 · · 188 | 친구 · · 191 | 혼자 하는 여행도 좋다 · · 193
사랑에 관한 · · 196 | 즉흥적인 것도 좋다 · · 198 | 고흐의 오베르 쉬즈 · · 200
촌스러운 피서 · · 204 | 낚시 · · 206 | 블랙커피 · · 208 | 유비 · · 210
낯섦 · · 212 | 세화 바당 · · 214 | Don't Try(애쓰지 마라) · · 216
전시 중에도 · · 218 | 이따금 옛날을 기다린다 · · 219
페이스북 친구에게 · · 220 | 안부 · · 222 | 마음 · · 223 | 오늘 어땠어요? · · 224
영숙 언니 · · 226 | 유서 · · 228

제5장 나를 들여다보는 시간

트라우마 · · 232 | 우울 · · 234 | 무기력 · · 236 | 말투 · · 238 | 가면Persona · · 239

결핍 · · 240 | 예민 · · 241 | 방랑기질 · · 242 | 늙어가는 중입니다 · · 244

부정 · · 245 | 죽음에 대하여 · · 246 | 몸 · · 248 | 자존감 · · 250 | 욕심 · · 252

환경 · · 254 | 화해 · · 255 | 취미 · · 256 | 나눔 · · 257 | 봉사 · · 258 | 밤 · · 260

다름 · · 261 | 긍정 · · 262 | 애착 · · 264 | 드라이브 · · 265 | 몰입 · · 266

황홀 · · 268 | 초록 안개 · · 269 | 번뇌 · · 270 | 우물 · · 271 | 경험 · · 272

Simple life · · 274 | 여백 · · 275 | 명상 1 · · 276 | 명상 2 · · 277 | 사유 · · 280

방하착放下著 · · 281 | 창조의 첫걸음은 자기 성찰이다 · · 282 | 순리 · · 284

화양연화花樣年華 · · 285 | 후 · · 286 | 소망 · · 288

책을 닫으며 | 전시에 부쳐 · 290

제1장

예술을 한다는 것은

운명

누구에게나 재능과 열정 그리고 창조력은 있다. 깊은 곳에 있는 그것을 캐내 갈고닦아 빛내는 건 각자의 몫이다. 꿈과 재능은 간직하는 것이 아니라 찾아내는 것이다. 찾아내는 것이 아니라 열정을 가지고 이루고자 노력하는 것이다. 자신에게 보석이 있는 줄 자각하지 못하고 살아간다면 묻혀 있는 보석은 빛을 발할 수가 없다. 내 안에 잠재된 재능을 찾아내 창조력을 발휘하면 운명도 바꿀 수 있다.

응시

작업실에 앉아 캔버스를 노려보는 것은
순간
지나치는 영감을 붙잡기 위해서다.
천재의 광기가 있는 것도 아니고
뮤즈의 여신이 있는 것도 아니어서
나는 오로지 성실과 노력으로 영감을 만든다.
대작가가 되려는 욕심을 버리고
그림을 그리며 사는 삶은
행복하다.
욕심을 내는 그 순간부터
불운한 화가 흉내를 내는 것,
그 삶은 치욕스러울 뿐 아니라
불행하다.
그저 글을 읽고 쓰며 그리는 순간이 좋다.

기운생동

드로잉을 하고 작품을 만든다. 뜻대로 되지 않는다. 드로잉은 직접 보고 하는 것이 생기가 있다. 실물을 보고 그리면 자유롭고 살아 있다. 사진을 보고 그리면 아무래도 생동감이 덜 하다. 사진을 보고 드로잉을 한다는 것은 별 의미가 없다. 자연이든지 사람이든지 직접 보고 그리면 그림에 활기가 있다. 살아 있는 그림을 그리자.

해안/ water coller on paper/ 20×27㎝

시와 색

—작업 노트 1

시가 상상력에 의해 그려진 언어의 그림이라면 색채 추상은 상상력에 의한 시라고 할 수 있다. 시의 종류가 서정시나 운문시처럼 갈래가 나뉘는 것처럼 추상화도 여러 종류로 나뉜다. 세잔을 시초로 하는 피카소와 브라크의 큐비즘, 뭉크나 고흐, 고갱 등의 표현주의, 몬드리안과 칸딘스키의 구성주의, 마크 로스코와 말레비치 등의 색 면 회화, 도널드 저드와 로버트 모리스의 미니멀리즘, 앤디 워홀의 팝아트가 있다. 그 외에도 많은 사조가 있으나 색채와 관련해 말하려 하므로 회화 위주로 말한다. 내 작품은 서정시에 해당하는 서정 추상이라 할 수 있다.

'이미지 사유'라는 제목으로 전시를 한다. 자연을 보며 이미지를 만들고 그 작품을 보면서 사유를 하고 상상의 나래를 펴는 시간을 갖는다. 추상도 대상이 없으면 이미지화될 수 없다. 사물은 보고 느끼고 지식과 경험이 녹아 정신을 표현하는 것이 추상이다. 인간은 자연을 보고 머리에서 인지한 후 마음에서 가슴으로 감동받고 재단을 한다. 아름다움과 추함, 그리고 망가져가는 것들과 지켜야 할 것들을 생각한다. 이런 생각에 작가의 철학과 정신, 관념 등이 합쳐져 응축시킨 언어로 시를 쓰듯 색채로 그림을 그린다.

디테일한 묘사로 많은 이야기를 담고 있는 소설이나 산문이 구상이라면 많은 것을 버리고 함축시켜 압축한 시와 같은 그림을 비구상 또는 추상이라 한다. 예를 들면 빨강으로 표현한 작품은 오월의 장미나 사랑의 기쁨, 스페인의 정열적인 탱고를 추는 여인을 표현한 것일 수 있다. 바넷 뉴먼은 자신의 작품을 보면서 숭고미를 느끼기를 바라고, 마크 로스코는 성전에서와 같은 경건함과 안식을 얻기를 바란다.

함축된 언어를 보면서 언어 너머의 것을 상상하듯이 절제된 추상을 보면 관객은 자신의 경험과 관념 안에서 상상의 나래를 펼 수 있다. 비움으로 더 많은 것을 상상하게 하는 동양화의 여백과 같은 것이다. 비우고 비워 본질적인 것만 보여주는 작품 앞에 서면 더 많은 것을 사유하고 무한한 상상력이 펼쳐진다. 간결하지만 깊은 아름다움을 볼 수 있다.

Time & Place

— 작업 노트 2

그 시간, 그 장소에서 존재를 드러낸다.

작업을 하는 시간은 온전히 나와 대화하는 시간이다.

이 시간만큼은 그 무엇도 나를 힘들게 하는 생각에 가두지 않는다.

작업실 문을 열고 나가면 만나는 풍경

푸르스름한 여명과 뜨거운 정오

한낮의 숲을 이미지로 떠올린다.

자연스러운 몰입 상태가 된다.

하얀 캔버스와 물감과 재료들에 매혹된다.

작품을 만들어내는 것은 끊임없는 사유와 명상 그리고 몰입이다.

비구상, 혹은 서정 추상

— 작업 노트 3

작품을 만들어 가면서 즐거웠고 행복했다. 그것은 정신 속에 녹아 있는 철학과 지향하고자 하는 삶을 그려냈기에 뿌듯했다. 작품을 하면서 책을 읽으며 공부를 했다. 미술 관련 책이나 동양 철학서를 주로 읽으면서 문학 서적도 읽었다. 거의 활자중독이기에 가능했던 독서다. 성취감도 있었고 자부심도 있었다.

어느 때부턴가 내 삶을 쉽게 이야기하고 싶다는 생각을 한다. 내가 보고 느낀 아름다움과 즐거움을 관객도 함께 느끼면서 공감하는 이야기들을 만들고 싶다는 생각이다. 작가는 자신이 느끼는 것을 남들에게 느끼게 하고 싶은 것으로 옮겨놓을 수 있어야 한다. 내가 선호하고 해야 할 것을 선택하는 힘을 갖고 있다는 것은 다행이다. 나 혼자 좋은 작품이 아닌 모두가 공감하고 좋아하는 작품을 하는 것도 의미가 있겠다.

작업실에서 보이는 풍경과 문을 열고 나가 가까이서 들여다보는 꽃과 나무들 그리고 사람이 함께 쉼을 얻으며 살아가는 자연의 아름다움을 표현하며 이야기를 만들고자 한다. 지금은 꽃들의 아름다움을 보고 선물받을 때의 기쁨을 표현하고 있다. 몇 해 전 추운 겨울밤에 만남이 짧은 이에게서 꽃을 선물받았다. 뜬금없이 꽃을 선물받은 나는 몹시 즐거웠다. 그 외에도 사랑하는 사람에게서, 행사로 인해 꽃을 받으면 기쁨과 행복이 함께 수반된다.

현재 작품들은 꽃의 아름다움과 인간의 행복한 감정이 어우러진 그림이다. 계속 모티브는 자연이지만 스토리가 더해져 좋은 작품들이 나오리라 믿는다.

그린다는 것
— 작업 노트 4

예술이란 무엇인가? 이 질문을 나 자신에게 참 많이도 해댄다. 내게 있어 예술이란 어릴 적 트라우마를 치유하는 과정이기도 하고, 또한 놀이이기도 하다. 그림을 그리면서 나 자신은 호모루덴스가 된다. 몰입되는 순간, 그 순간만큼은 물아일체의 시간이 되기 때문이다. 선, 악, 미, 추, 있음과 없음의 이분법적 사고에서 벗어나 모든 감각, 사고가 그림 그리는 놀이에 흠뻑 빠져버린다.

장자는 유희의 즐거움을 알았기에 그의 책 첫 장에 '소요유逍遙遊'라는 글로 시작한다. 모든 욕심, 집착, 미망 그리고 내가 만들어놓은 얽매임에서 벗어나 오로지 색채의 변화되는 모습과 캔버스 위의 물감의 너울거림을 보면서 나는 작품과 하나가 된다. 무위이무불위無爲而無不爲, 즉 '하는 것이 없으면서도 하지 않음이 없다'는 노자의 말과 같이 굳이 무언가를 만들기 위해 애쓰지 않음에도 자연스럽게 무엇인가가 되어 나를 기쁘게 한다.

관찰

— 작업 노트 5

바다가 보이는 야자수 숲이다.

커다란 용설란 옆에 선인장이 함께 살고 있다. 좋아보여 그린다. 용설란은 선인장을 어미인 양 품고 있다.

바닷가 큰 돌에 앉는다.

그림을 그리면서 내 느낌을 중요시한다. 솔직한 마음과 느낀 감정으로 그림을 그린다는 것은 어쩌면 잘못된 것일 수도 있다. 예술에 감정이 들어가면 안 된다고 배웠다. 시와 소설, 그림을 기계적으로 계산해 만들어내는 작가를 알고 있다. 그 계산에는 정서나 감정도 포함되어 있다. 그러나 나는 전략적이질 못하다. 완벽한 나를 보여주기보다 완벽해지려 노력하는 나를 보여주는 것이 맞다. 글도 그렇고 그림도 마찬가지다. 완벽한 나의 글도 없고 완벽한 내 그림도 없다. 그저 정신을 표현한 아름다운 작업을 하기 위해 노력할 뿐이다.

관찰의 중요성에 대해 듣는다. 나에게 정서, 색감, 성실함은 있지만 관찰력이 부족하다는 것이다. 맞다. 나는 관찰력이 부족하다. 사물을 봐도 그저 외양만 보고 감탄하고 실망할 뿐이다. 가까이서 만져보고 냄새를 맡고 모양을 자세히 살피지 않는다. 나의 동반자는 그걸 알고 있다. 내가 갖고 있는 장점이 무엇이고, 부족한 점이 무엇인지 너무 잘 안다. 살아가는 데 든든한 지원군이다.

코로나19 시국으로 우울한 시대지만 나는 또 내가 살아야겠기에, 그림을 그려야겠기에 개인전을 잡는다. 모든 이들에게 위안이 되는 작품으로 만나기를 바란다.

상像에 집착하는 것

— 작업 노트 6

추상화가로서 자격 미달이다.

캔버스를 마주하고 있을 때면 어느새 상像을 넣고 있다. 비우고 비우자 세뇌하지만, 또 어느새 들어가 있는 선과 면으로 이루어진 형태들…. 칸딘스키는 말한다. 예술적인 것의 정신적인 것에 대하여, 예술은 대상이나 자연을 모방하는 것에서 벗어나 예술가의 생각이나 정신성이 드러나야 한다. 대상을 보는 방식을 시각에서 마음으로 변화시켜야 한다고 말한다. 즉 시각적으로 보이는 대상을 재현하는 것이 아니라 자신이 인식하고 감지하는 본질적인 가치를 찾아 표현해야 한다는 것이다. 추상을 하는 예술가에게 정신성을 중시하는 것은 필수다. 작품을 함에 있어 자연이나 사물을 보면서 그 너머의 본질에 관심을 갖고, 그 특성을 찾아 기호화하고 상징화하며 작품을 완성해간다.

작품을 함에 있어 정신이 흐트러지면 그 정신과 자세가 그대로 재현된다. 관습적인 것으로부터 일탈은 주관에 철저하며 주관이 객관이 될 때 새로움을 만들어갈 수 있다. 자기만족이나 익숙하고 편안한 것에서 일탈이라 하면은 새로운 감각과 사유에 이르도록 하는 아방가르드의 전위정신이나 쉬클로프스키가 말한 낯설게 하기에 다름아니다. 일상 속에서 명상하면서 마음을 비우고 정신을 비우기를 계속하지만 아직은 먼 일이다.

가버린 계절/ acrylic on canvas/ 53×42㎝

단지 현존재를 인식하고 사유와 직관으로 작품을 만든다. 수행자의 길을 가는 것이 아니기에 공의 상태에 오르지 못한다고 할지라도 나는 또 나의 길을 가고 나의 작품을 만들어간다.

치유의 삶

— 작업 노트 7

제주라는 아름다운 섬에 빠져 있다.
분노와 절망의 끝에 온 섬이다.

이곳에서 치유가 되고
살아갈 힘을 얻는다.

서쪽 바다로 넘어가는 태양은 감탄이 되었고
산과 오름을 오르며 본 풍경은 환희가 되었다.

설화 속 할망 이야기는 우울을 멍들게 해
유쾌한 웃음을 만들었다.

제주를 걷고 오르며 자연의 기운을 받아들였다.
많은 것을 버렸고 또 많은 것을 얻었다.

제주를 걸으며 보고 느낀 것은
오롯이 작품이 되었다.

치유의 시간/ acrylic on canvas/ 30×30㎝

소묘

올 겨울 동안거에 들어온 심정으로 연필 소묘를 하고 있다. 그림을 하면서 중간 중간 소묘나 크로키를 해서 어느 정도 그려지긴 하지만 정확하게 그리는 연습을 하고 싶어 열심히 하고 있다. 그런데 재미있다. 내 손에 의해 그려지는 소묘들이 한 장 한 장 쌓이면서 뿌듯함을 안겨주고 있다. 예스러운 그릇이 만들어지고 선물받은 장미가 시들어 가고 있지만, 선들과 명암으로 남아 영원히 나와 함께 있게 되었다.

미술을 전공하지 않았다. 30대 중반에 유화로 시작해 사실적이고 디테일한 그림을 그렸다. 맛있는 과일과 꽃이 있는 정물을 놓고 흑백으로 몇 번을 반복해 그리면서 빛과 어둠을 찾아갔다. 눈 쌓인 계곡과 가을 단풍이 아름답게 물들어 있는 계곡을 붓질로 만들어가고 바다에 정박해 있는 배들을 그리면서 세세한 부분을 관찰하는 눈도 길렀다.

몇 년을 그리면서 인체 크로키를 시작했다. 관능적 음악과 리드미컬한 리듬에 맞춰 춤을 추듯 포즈를 취하는 남녀 모델들을 그리면서 나는 무아지경에 빠져들었고, 3초라는 순간의 움직임을 표현하는 누드 크로키는 나를 매혹시켰다. 인체를 선 하나로 표현할 수도 있었고 덩어리로 표현할 수도 있었다.

그림을 그리면서 미술과 관련된 많은 책을 읽었다. 예술이란 사물을 있는 그대로 그리는 것이 아닌 정신을 표현할 수도 있다는 것에 환호하여 동양철학을 공부하고 사유하면서 지식을 넓혀갔다. 정물을 그리거나 사진을 보고 그림을 그리면서도 왜곡시키기를 좋아했다. 그러면서 색채감이 좋다는 말을 들으며 작업을 하다보니 어느새 구상에서 추상으로 넘어가고 있었다.

개인전을 준비하면서 노장사상과 불교철학을 공부하고 사유하면서 그림에서 비우기를 해갔다. 그렇게 단순화시켜 지금 작품에 이르렀다. 추상이 어렵다고 하는데 하나도 어렵지 않다. 자연과 사물을 확대해 그린 것일 수도 있고, 우리가 흔히 생각하는 것들은 표현한 것일 수 있다. 추상작업을 하면서 연필 소묘와 드로잉을 끊임없이 하는 것은 기본을 알고 싶기 때문이다.

작업실

도시에서 살면서 변변한 작업실 없이 세를 얻거나 도시 외곽의 비닐하우스에서 작업을 하면서 긴 세월 보냈다. 지금의 작업실은 비싼 도시나 외곽을 벗어나 시골의 오지를 돌아다니다 구입한 땅이다. 10년의 세월이 지나고 어찌어찌하여 아랫집에서 길을 만들 땅을 구입해 작업실을 지었다. 3년 전이다. 시골이라 원주민들과 여러 문제가 있다. 예를 들면 이장이었고 노인회장인 사람이 우리에게 길이 있다고 해서 맹지를 구입했다. 맹지 바로 옆 땅을 우리 작업실 마당의 대지를 길이라고 속여 땅을 구입하게 하거나, 그로 인해 달갑지 않은 이웃이 생긴 것이다. 그 외에도 이런저런 문제들이 있다. 그것이 현재 진행형이지만 나는 도시에 별일이 없으면 시골의 작업실에서 지낸다.

맑은 새소리와 참매미 소리를 들으면서 아침을 맞는다. 달맞이꽃과 나팔꽃이 활짝 피어 있다. '아침에 피었다가 저녁에 지고 마는' 노랫말처럼 해가 뜨면 오므리는 꽃들…. 일어나 창밖의 시골 풍경을 보고 잠시 명상을 한다. 그 시간이 내게는 글이든 그림이든 찰나에 어떤 모티브를 갖다준다. 30분 정도 명상을 한 후 간단하게 아침을 차려 작업실 앞마당 탁자에 앉는다. 그 아침 시간의 적요한 시간은 내 몸과 가슴을 맑은 이슬에 젖어 있는 느낌을 갖게 한다. 해가 앉아 있는 의자에 오기까지 커피를 마시며 그 시간을 즐긴다.

한낮의 뜨거운 열기 속에 작업실에서 책을 읽으며, 작업을 하며 온몸에 땀이 젖을 때 느끼는 성취감은 나에게 카타르시스를 느끼게 한다. 3월에 작업실이 완공되자마자 작품을 해서 그해 가을에 개인전을 했다. 그때 그 시간만큼 편안하고 좋은 시간은 다시 오지 않을 시간이다.

내가 갖고 있는 긴장성 두통도 작업에 몰두하는 시간만큼은 나를 어찌하지 못한다. 가끔 룸메이트가 작업에 몰두하는 나를 사진이나 영상으로 담아주는데 그 장면을 보노라면 몰입해 있는 내 모습에 진한 아름다움과 사랑스러움을 느낀다. 화장을 하고 명품 원피스나 구두를 신은 그 어떤 모습도 작업에 집중하는 내 모습보다 아름답지 않다. 작업에 고도의 집중을 하고 난 후 잠시 담배를 피우는 그 시간은 뭐라고 비유해야 할까. 천국? 파라다이스? 텅 비웠으면서도 충만함이 가득한 그 기분을 어떻게 표현해야 할지 모르겠다. 지금은 담배를 피우지 않지만 어쩌다 한번쯤 그럴 때가 있다. 그림을 그리고 몹시 만족스러울 때….

시계를 보고 저녁 준비를 서두른다. 밖에서 저녁을 먹으며 술 한잔 하는 시간을 사랑한다. 산 능선을 넘어가며 아름다운 색으로 하늘을 덮는 해를 바라본다. 아름다운 흔적을 남기고 떠나는 노을을 한동안 바라본다. 지면서도 아름다운 모습을 남기며 떠나는 석양의 모습은 지금의 나와 대비해 보기도 한다. 해가 넘어가고 화려한 색이 하늘을 덮을 때 나는 모기들의 키스 세례를 받는다. 마치 기관총을 발사한 듯 나의 맨살에는 붉은 꽃송이와도 같은 흔적이 남는다. 모기와의 전쟁이 끝날 즈음 별빛들이 나를 위로하기 위해 빛나는 모습을 드러낸다. 어둠 속 밤하늘 별들은 내게 환상을 갖게 한다. 아, 그 별들은 내게 얼마나 많은 기쁨과 행복을 주었는지. 도시에서 에너지를 모두 빼앗기고 너덜너덜해진 내 정신과 몸에 밤하늘의 별들은 안정제다. 오가는 시간으로 고단하지만, 이곳에서 얻은 것에 비할 수가 없다.

자연이 주는 위안이라니! 지금 자연과 함께하는 작업실이 있다는 그 자체만으로도 행복하다. 다른 불행할 수 있는 여러 일을 안고 살아가지만, 작업실에 있는 시간만큼은 편안하고 사랑스러운 내 모습을 솔직하게 보여줄 수 있기에 부자가 된 듯 풍족함을 느끼며 살고 있다.

작업

자연 속에 작업실이 있으니 나무와 꽃들과 가까이 지낸다. 작업의 모티브가 자연이다. 산과 숲을 보고 계곡의 물을 보고 떠다니는 구름을 본다. 본 것을 캔버스에 옮긴다. 물감을 흩뿌리고 흘리면서 만들어 간다.

새소리를 들으며 아침을 시작하고 붉은 노을 바라보며 하루를 끝마친다. 밤하늘에 빛나는 수많은 별은 회색 도시에서 피폐해진 정신을 어루만진다. 살갗을 지나는 바람을 붙잡는다. 바람은 떨림을 주고 사유를 준다. 새벽과 밤에 느끼는 것들은 작품의 살이 되고 피가 된다. 은유로서 감성과 느낌을 함축시켜 색을 켜켜이 쌓아간다. 그것은 흙의 기운일 수도 있고, 우주의 기운일 수도 있다. 본 것을 그대로 보이지 않고 드러내놓고 표현하지 않는다.

우리는 자신의 존재감을 드러내고 싶어하지만 반면에 은밀한 삶을 추구한다. 현대는 노출된 삶이다. 수많은 카메라와 소셜미디어를 통해 자신을 드러내며 살고 있다. 제러미 벤담이 말한 감시 카메라에 모든 것이 노출되는 원형감옥 '판옵티콘'의 세상이다. 숨을 곳이 없다.

작업실에 머무는 시간은 판옵티콘에서 해방된 시간이다.

노동

온종일 제자리에 앉아 있다. 생리적 문제와 때가 되면 먹어줘야 하는 시간 빼고는 거의 앉아 책을 읽는다. 읽다가 지루하면 연필 소묘를 한다. 그것도 지루하면 화려한 색을 넣어 그림을 그려본다. 또 다른 종이에는 형태 없이 내가 갖게 된 느낌이나 생각을 표현한다. 그것이 무엇이든 상관없다. 그저 사물을 보고 느낀 것을 옮기는 것이니 색이든 선이든 점이든 넣어 표현한다. 캔버스에 그릴 때는 많은 시간이 필요할 수도 있다. 지금은 색을 넣을 수 있는 특수 종이에 그리니 많은 시간이 걸리진 않는다. 와우, 어쩐지 붓질 나가는 것이 기분 좋다. 흥에 취해 그림에 취해 몰입하다보면 시간은 빛의 속도로 가버리고 몸은 막일로 인해 흐느적거린다. 그러다 어느 순간 마음이 턱 놓일 때가 있다. 어느 정도 완성된 것이다. 디테일한 부분을 마무리하면서 하나의 작품을 완성해간다. 모든 작품이 마음에 쏙 들지는 않는다. 그렇다고 마음에 안 들지도 않으므로 작품철에 넣는다. 그렇게 완성된 작품이 관객을 감동시키기도 한다. 사람의 관점과 시각에 따라 다르게 보기 때문에 느끼는 감동도 다르기 때문이다. 관객이 그림을 보면서 갖게 되는 감동은 그동안 살아온 그 사람의 경험과 지식이 녹아서 그림과 접속될 때 만들어진다. 그러나 추상을 한다고 해서 모두 이런 방법으로 하진 않는다. 나 또한 작업을 본격적으로 할 때는 캔버스에서 곧바로 시작한다. 내가 생각하고 느낀 것, 사유와 철학을 끄집어내 색으로 표현하고 선으로 말한다. 자신의 철학이 있고 신념이 확실하다면 단번에 작품이 만들어지기도 한다. 반면 어떤 재료와 방법으로 표현하느냐에 따라서 표현하는 데 많은 시간이 걸리기도 한다. 화가들을 보면 고상하고 좋아보일지 모르겠으나 작업하는 그 시간은 어떤 노동자 못지않은 중노동을 한다. 내가 즐거워하는 일이니 뭐라 불평도 못하고 참 안쓰럽기 그지없다.

기본기

나는 그림을 그릴 때 미학 관련 책을 보며 사조를 배우고 연필 소묘 목탄 등 드로잉을 하고 유화와 수채 물감을 쓰는 방법도 공부한다. 전공을 하지 않았기 때문이다. 글을 쓰기 위해서는 글쓰기 방법 책 수십 권을 산다. 무엇이든 새로운 것을 시작할 땐 어김없이 서점에 가서 그에 관한 책부터 산다.

학자들과 연구자들도 어떤 결과물을 내기 위해서는 도서관이나 서재에 파묻혀 책이나 논문을 뒤진다. 내 경우는 깊은 지식을 공부하는 것이 아닌 아주 사소하고 기본적인 공부를 해야 한다. 이를테면 가감법 다음 분수의 셈법을 몰라 수학에 대한 공포가 뒤따라 공부를 포기하게 했다. 뒷날 그것을 배울 시기를 놓쳐 배우지 않았음을 알게 됐다. 성인이 되어 그림을 배울 때 유화로 시작했다. 여고 시절 미술부에서 잠깐 그림을 배우면서 대회에 나가 상을 타기도 했지만 잠시였다. 그림을 시작하고 미학에 관한 이론서와 작가들에 관한 책을 읽어낸다. 유화로 사람을 그리고 풍경을 그려도 얌전히 앉아 캔버스에 붓질하는 것을 참아내질 못한다. 캔버스를 바닥에 누이고 넓은 붓으로 흰 면을 가로지르고 물감을 흩뿌린다. 동양철학을 공부하며 지워가는 작업을 하고 첫 번째 개인전을 한다. 그리고 다시 기본적인 것을 공부하고 데생을 하고 드로잉을 한다.

내 삶이 그렇다. 어린 시절 이리저리 옮겨 다니느라 기본을 공부하는 기회를 놓쳤다. 세월이 흘러 성인이 되지만 기본을 몰라 당황스러울 때가 많다. 나는 그저 내가 머리가 나쁜 줄로 안다. 그러다 열등의식이 생기고 타인과 교류를 멀리하게 된다. 왜냐하면 내 단점이나 약점을 보여주기 싫기 때문이다. 사람들과 만나도 나는 말이 없는 사람이 된다. 그들이 하는 말은 내가 흉내낼 수 없는 경험에서 나온 것이기 때문이다. 대학 새내기 시절에 있었던 일이나 데모하며 부른 노래들, 최루탄에 눈물을 얼마만큼 흘렸고, 유학할 때의 힘들었던 날에 관해 이야기할 때 나는 할 말이 없는 것이다. 나는 그저 '힘들었겠다', '멋지다'를 연발하며 잘 들어줄 뿐이다.

그러다보니 나는 누구에게도 말을 잘하지 않아 옮기지도 않았는데 그것이 의리 있는 사람으로 만들었다. 내가 특별히 의리가 있는 사람이어서가 아니라 환경에 의해 만들어진 것이다. 지금도 무엇인가를 시작할 때는 여전히 서점에 가서 그에 관한 책을 구입한다. 살아가는 처세술도 공부하면 좋은데 왜 그런 것은 공부하지 않았는지 모르겠다.

비구상미술 감상은?

"무엇을 생각하며 그렸어요?"

"이게 무슨 의미죠?"

"작가님의 생각을 얘기해주세요."

그림을 보면서 많이 듣는 질문이다.

후기 인상주의인 마네나 모네, 르누아르의 그림까지만도 편하게 본다. 그 후 표현주의, 입체주의, 절대주의, 모더니즘과 포스트모더니즘을 지나 현대의 미술은 난해하기만 하다.

미술은 시각적 체험이다.

그러나 무엇이든 눈으로 본다는 것에는 객관적으로 되지 않고 자신의 관념과 함께 주관적으로 보게 된다. 그동안 내가 보고 듣고 체험했던 것들이 어우러져 그림을 보는 순간 어떤 느낌을 갖게 하는 것이다.

사전에 의하면,

'구상미술'은 현실 세계에 존재하며 눈에 보이는 여러 대상을 사실대로 묘사하는 미술이고 '비구상미술'은 직관이나 상상으로 자유로이 표현하려고 하는 미술이라고 설명한다.

비구상미술은 사물을 재현하고 모방하는 것이 아니라 작가의 직관과 상상력에 더해 제시하고 암시함으로써 감상자에게 상상하고 생각하게 하는 명상의 시간을 갖게 하는 것이다.

그림에 관해 설명해달라는 요청을 하는 감상자가 있다. 물론 작가의 설명을 들으면서 그림을 감상한다면 더할 나위 없이 좋을 일이다. 사실 작품은 작가가 가지고 있는 철학과 정신을 담은 것이기에 갤러리에서 간단히 설명할 수가 없다.

작가의 철학과 정신은 매우 중요하다. 그러나 더 중요한 것은 감상자가 작품을 보고 어떤 느낌을 갖게 되는가이다.

멀리서 전체를 보고 드는 생각과 가까이서 작품을 대했을 때 색과 선을 보고 느낀 감정은 무엇인가?

아마도 그것은 자연일 수도 있고, 사랑과 평화 그리고 고통과 같은 감정을 느낄 수도 있을 것이다. 그것으로 충분하다.

그 작품에 분석하고 해석하는 것은 평론가가 할 일이다.

작가들이 끊임없이 세상을 관찰하고 자기 내면을 관조하며 깨어 있어 자신만의 예술을 창조하기 위해 노력하지만, 굳이 작가가 부여한 의미에 맞추어 작품을 보는 것이 아닌, 나의 주관과 관념이 맞아서 느낌이 좋고 기분 좋게 받아들여진다면 그것으로 된 것이다.

나는 내가 하고 싶은 것을 한다

지금은 창의와 상상의 시대다. 칼 융은 자신이 진정 좋아하는 것에서부터 창의성이 시작된다고 했다. 내가 진정 좋아하는 것은 무엇인가. 무엇을 할 때 즐겁고 행복한가. 이른 나이에 찾은 사람도 있고 나이 들어서도 찾지 못해 지루한 삶을 살아가는 사람도 많다. 창의와 상상은 둘째치고 내가 좋아하는 일을 찾는 것이 먼저다. 직접 경험해보고 결정하는 것이 좋겠지만 모든 일을 해볼 수는 없는 일이다. 나는 책을 통해 나를 알아간다. 선배들의 통찰력 가득한 글들을 읽다보면 나를 알아가고 알지 못한 지적인 탐구로 시야는 확대되어 어느 사이에 내가 하면 즐거운 일과 해야 할 일을 찾아간다.

정신과 가슴에 아무것도 들어 있지 않은 백지상태에서는 어떤 상상도 할 수가 없다. 끊임없는 독서와 경험이 축적된 후라야 그것들이 생긴다. 진정한 예술은 즐거운 마음으로 놀이하듯 자신의 능력을 최대한 발휘한 사람에게서 나온다. 인생에 대한 깊은 통찰력이 생긴다. 나를 매혹시키는 사물들을 발현시킬 수 있는 능력이 만들어진다. 학교에서 학원에서 기능을 익히고 테크닉만 발전시키면 그런 능력이 생길까? 그것은 단지 기술이 될 뿐 예술이 되지 않는다. 추사 김정희는 시서화詩書畵에서 문자향文字香과 서권기書卷氣가 있어야 한다고 했다. 많은 독서와 사색을 통해 맑은 향기가 나는 인품이 만들어진다. 문자향이나 서권기는 다독으로 쌓인 지식으로만 만들어지지 않는다. 그 사람의 고아한 인품이 바탕에 깔려 있어야 만들어진다.

앞서간 선배들의 경험을 읽어서 내 것으로 만든다. 엉뚱한 발상을 하고 사물 너머의 본질을 볼 수 있을 때 창의력은 생긴다. 시조에 편승한 유행은 다시 돌아온다. 그러나 같은 방법으로는 오지 않는다. 옛 것을 공부하고 새로운 예술운동이 일어나면 연구해야 하지만 그 흐름에 종속되지는 말아야 한다.

독창적이고, 자신에 대해 잘 알면서 당당하게 자신과 대면할 때 타인도 흥미를 갖는다. 예술가로서의 성공은 인간으로서 충만한 삶을 살아냈을 때 함께 온다. 자신을 더 많이 알고 사랑할 때 자존감은 더 높아지고 예술을 하는데도 당당하게 할 수 있다. 공부하고 자연과 사물을 잘 관찰하자. 철학과 정신이 들어가지 않은 예술은 단지 사물을 베낀 것이다. 그리고 이 모든 것을 즐기자. 나는 내가 하고 싶은 것을 한다.

한량

그림을 그리다가 힘들면 춤을 춘다.

춤을 잘 춘다기보다는 춤추는 행위를 좋아한다. 첫 번째 개인전을 준비할 때다. 그때 작업은 액션 페인팅이라고 해야 할까? 비우기라는 사유가 깃든 작품이지만 큰 붓으로 지우고 그리고를 반복해서 작품을 만들다보면 지치고 힘들 때가 있다. 그럴 때 산타나 음악을 튼다. 음악에 맞춰 몇 곡인가를 넘기며 춤을 추다보면 기진맥진한다. 그런데 진이 다 빠져 아무것도 하지 못할 거 같은데 어느새 생생한 기운이 내 몸속으로 들어와 다시 손에 붓을 잡고 작업에 매진한다. 그것은 타고난 끼일까? 아니다. 어려서부터 봐서 교육해진 끼다.

생전에 아버지는 한량이셨다. 이곳저곳을 다니며 사업을 했고, 그 당시에도 지금 말로 맛집 탐방도 많이 했다. 시골에 잠깐 계실 때도 어느 날은 보성에 꼬막을 드시러 가고, 어떤 날은 마량으로 회를 드시러 갔다. 마작도 좋아해 학교 갔다 집에 오면 아버지 친구 네 분이 탁자에 앉아 한자 쓰인 네모난 벽돌 같은 것을 하나씩 던지고 계셨다. 또 어떤 날 하교해 집에 오면 안방에서 음악 소리가 들려와 문을 열어보면 '핫! 지금 생각하면 그게 뭐였을까' 생각해본다. 스포츠댄스였을까? 여러 분이 춤을 추고 계셨는데 그 모습이 그리 추하거나 천해보이지 않았다. 그야말로 요즘 스포츠댄스 추는 모습 그대로였다. 그런 걸 보고 자라서일까? 춤추는 걸 좋아하고 노래하는 걸 좋아한다. 내가 잘한다는 것은 결코 아니다. 그런데 희한한 것은 춤은 좋아하는데 도박에는 흥미가 없다. 그 당시 아버지는 알아주는 타짜셨다. 왜 춤은 좋아하는데 도박은 싫어하는지 모를 일이다. 하긴 아버진 술 한 잔만 드셔도 얼굴이 빨개져 누워 잠드셨는데 나는 레드 와인 한 병 정도는 끄떡없으니 체질은 닮지 않은 것 같다. 아버지는 학자나 선비는 아니다.

그러던 어느 날 60이 되신 아버지가 책상에 책을 놓고 머리를 싸매고 계셨다. 가서 보니 운전면허 책이었다. 얼마간을 싸매고 공부를 하다가 필기시험에 덜커덕 붙고, 또 몇 번인가 실기시험에 떨어지다가 덜커덕 합격했다. 기본적으로 아버진 명민하셨다. 유머 감각도 있으셨다. 신문을 꼬박꼬박 챙겨 보고 풀뿌리정치에 잠깐 발 담갔을 적에는 문제를 해결하기 위한 두꺼운 책을 앞에 놓고 씨름하셨다. 아버지는 하고자 하는 목표 앞에서는 끊임없이 노력하는 열정적인 분이셨다. 아버지와 나는 정치와 사회 문제를 토론했고, 소리 높여 언쟁까지도 가기도 했다.

아버지에겐 참 즐거운 시절이었다. 운전하고 싶어 새벽에 일어나 어디론가 다녀오셨고, 시골 고향에도 자주 다녀오셨다. 그러나 아버지의 자유로움과 여행을 옆에서 지켜봐야 했던 엄마는 늘 두렵고 걱정스러운 마음이셨다. 아버지의 운전이 너무 터프해 옆에 앉아 있으면 어어 소리가 절로 나왔다. 그렇게 3년인가를 '전봇대가 나에게로 왔다'고 하면서 전봇대를 박고, 벽에 사이드미러 등을 깨는 등 자잘한 사고를 내다가 기어코 큰 사고를 치셨다. 아버지가 장長으로 있던 사무실 앞에 차를 대다가 후진 액셀을 너무 밟아 셔터를 찌그러트리고 안으로 돌진했다. '하! 아버지 사무실 출근을 차로 책상 앞까지 하시다니요.' 우리 가족에게 한참을 아버지 곯려먹는 재미를 주셨다. 물론 그 뒤 아버지는 운전을 하지 않으셨다.

내가 아버지를 닮지 않아 다행인 것은 도박과 술을 잘 못 마시는 것이다. '오, 술 없는 세상이라니!' 책 좋아하고 놀기 좋아하고 여행 다니는 좋아하는 성향은 아버지를 쏙 빼닮았다. 그런 아버지의 영향으로 나는 춤추는 걸 좋아한다. 그래서 가끔은 그림 그리다 음악 틀어놓고 춤을 춘다.

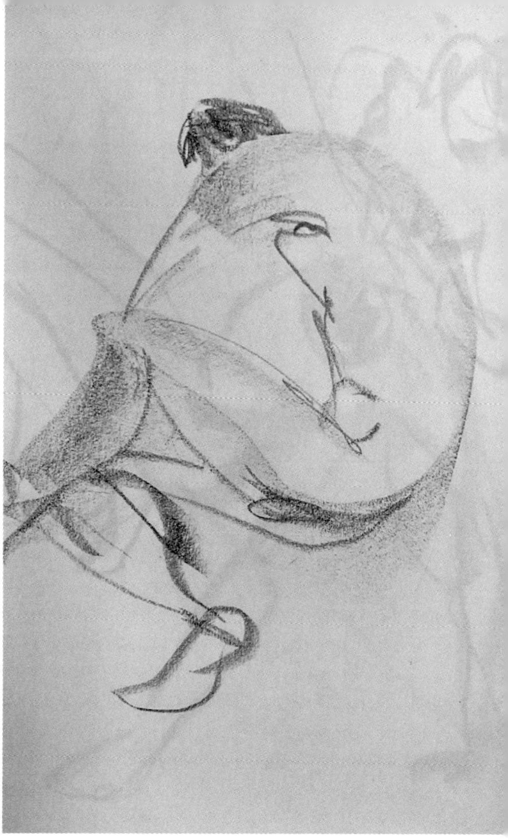

3초 크로키

인체의 신비함에 매력을 느껴 캔버스에는 유화로 여인들을 그리고, 또 다른 시간엔 느리고 끈적거리는 음악을 배경으로 3분, 5분 크로키를 하고 빠른 템포의 음악을 틀고는 3초 크로키를 했던 그런 시간이 있었다. 한 개성 하는 크로키 멤버들은 음악에 홀린 듯, 수시로 자세를 바꾸는 모델에 홀린 듯 눈은 모델의 몸에 손은 종이와 붓에 몰입해 있었다.

그야말로 무아지경이랄까! 그렇게 하루를 크로키를 하고 나면 온몸이 진이 다 빠져 있다. 그때 마셨던 술은 정말 달고 시원했다. 약간의 취기가 돌 때 신나는 음악에 맞춰 춤을 추는 남자 모델의 현란한 발놀림을 따라하고 나니 나는 어느새 '춤 잘 추는 작가님'으로 불리고 있었다.

예술을 하려는 이들에게

여러분은 마라톤을 해보셨나요?

마라토너는 완주를 위해 끊임없이 달립니다. 기분 좋은 피곤을 느낄 때 멈출 수도 없습니다. 고된 연습과 반복만이 완주의 기쁨을 맛보게 합니다.

예술도 마찬가지입니다. 배우고 작업을 하면서 좌절하고 고통스러운 인내의 시간이 있습니다. 단지 육체적 고통보다는 감정적 좌절과 실패, 거절에 대한 인내가 필요합니다.

수많은 예술가가 영감을 받아 시를 쓰고 그림을 완성했다는 글들을 볼 수 있습니다. 영감muse은 쉽게 오지 않습니다. 고통스러운 인내 속에 수많은 시행착오를 거친 후에 그 순간이 왔겠지요. 여러분은 작가가 영감을 얻을 때까지의 노력과 애쓰는 과정을 유추해보기를 바랍니다.

예술을 할 때도 마라토너와 같이 끊임없이 작업을 해야 합니다. 그러나 열심히 작업을 하는 어느 순간 기술자가 되어 있습니다. 기능으로 만들어진 작품은 보는 이에게 감동을 전달할 수가 없습니다. 작품에 자신의 철학을 녹여내야 합니다. 스승을 통해서든 독서를 통해서 지성인이 되고자 힘쓰십시오. 독서를 통한 성찰과 사유는 자신만의 세계관과 가치관을 만들고 철학을 정립시켜줍니다. 또한 자신만의 작품세계를 정립하기 위해서는 끊임없이 화두를 던져야 합니다. 종국에 창작자가 표현하는 것은 자기 자신입니다.

작품을 완성하는 것은 가르치는 자가 아닌 자기 자신입니다. 누구에게서도 배울 수는 없습니다. 동료들의 작품을 내 작품과 함께 보면서 자신에 대해 객관적으로 냉정하게 자신을 볼 수도 있습니다. 그러나 배운 지식에 함몰되는 우를 범하지 마십시오. 지식에 의해 작업과 정신을 규정하지 마십시오.

공자는 "생각 없이 배우는 것은 의미가 없고, 배움 없는 생각은 위험하다"고 말했습니다. 끊임없이 탐구하는 자세와 자신을 되돌아보는 사유의 시간은 여러분이 지향하는 목표에 이르게 합니다.

아침명상

정신이 깨어나면서
명상을 한다.
나를 정화시킨다.
들숨
날숨
정신을 한곳에 집중한다.
작업 또한
이것에 맞닿아 있다.
불필요한 것들을 없애니 단순해진다.

0609550/ acrylic on canvas/ 367×180㎝

소리

바람에 풀들이 눕는 소리에 창밖 바라보니 햇빛이 쨍쨍하다.
바람에 흔들린 쇠가 부딪쳐 내는 청아한 풍경 소리가 정신을 깨운다.
뻐꾹새와 꾀꼬리가 아우성이다.
햇살 좋고 바람 좋아 기분 좋단다.
나른한 오후지만 정신이 맑아진다.
시계 초침 소리가 재촉한다.
바람과 햇살에 젖어 있지만 말고
작업해라작업해라작업해라.

제2장

즐거운 공간

그리운 작업실

비 오는 날 작업실은 가라앉아 있을 것이다.
깊이 우러난 그윽한 커피
또는 연둣빛 녹차를 천천히 마셔도 좋을 테지.
가지 못하니 더욱 애절하다.
쌓여 있는 책을 골라보는 재미,
비 오는 창밖 풍경을 먹으로 치는 재미도 쏠쏠하지.
비 오는 오늘 못 가면
펄펄 흰 눈 내리는 날 푹 파묻혀
고립되어버릴 테다.

온화한 내일/acrylic on canvas/ 33.5×24㎝

봄이 온다

작업실에 왔더니
차가운 냉기가 쏴아!
먼저 난로에 불을 피우고
밖을 나가 살피니
나무들이
꽃을 피우기 위해
준비하고 있다.
어찌나 예쁜지….
저녁거리로 아직은 어린 쑥을 뜯는다.
오!
쑥 뜯다 발견한 예쁜 제비꽃
아직은 수줍어 얼굴 숙인 채
담벼락에 피어 있다.

오늘 아침

햇빛이 호젓하다.
산안개는 푸른 숲을
돌고 돌아 지쳤는지 흔적을 감춘다.

아침을 먹으며 마당을 보니 질경이며 민들레가 자리잡고 있고 번식력이 좋은 금계국이 여기저기 흩날려 둥지 틀고 있다. 노란 금계국도 예쁘나 토종 꽃들을 선호한지라 뽑기로 한다. 과일 한 입 넣고 풀 한 포기 뜯고 커피 한 모금 마시고를 반복하니 잔디밭이 제법 깔끔해진다. 장독대 주위의 금계국도 낫으로 모두 쳐낸다. 하다보니 해가 나무 틈 사이를 비집고 들어온다. 오늘 아침 작업은 이걸로 끝낸다.

여름 정원

작은 텃밭은 딱 우리 먹을 만큼의 소출이다. 약도 치지 않고 잡초와 꽃들과 함께 자라니 부실하기 짝이 없다. 채소들은 억센 듯 고소하고 고추는 맵다. 해질녘 시간은 모든 것이 여유로워진다. 늙어가고 있는 나는 사유에 들어 삶에 대한 상념에 젖는다. 산과 나무와 풀들이 검은 색으로 변하기 전 모기가 극성이다. 한 시간 정도 있으면 서늘한 기운에 모기도 제 집 찾아 들어간다. 낮에 극성맞게 울어대던 매미들도 쉬는지 조용하다. 주위에 일어나는 일들에 대해 포용하고 너그러워진다. 단지 그들이 같이 어우러질 수 있는 이웃이 되기를 바라면서 그들에 관한 생각을 놓아버리고 저녁의 한가로움을 즐긴다. 텃밭에서 같이 자라는 꽃들이 있다. 독일에서 사와 지난해 뿌린 씨앗들이 늘씬하게 꽃으로 피어 소박한 아름다움을 선사한다. 검은 플라스틱 통 안에서 자라는 연잎 속에서 봉오리가 꽃을 피우고자 기다리고 있다.

아름다운 여름밤!

봄날

몸에 쏟아지는 햇살과 살결을 간질이는 바람이 기분 좋은 오후다. 봄비 맞고 얼굴 내미는 꽃잎들이 달콤한 몽상에 젖게 한다. 나는 한 그루 나무가 되어 산새가 들려주는 노래에 취하기도 하며 한 떨기 들꽃이 되어 예쁜 모습을 뽐내기도 한다. 깊은 숨… 멀리 호수와 산 능선을 바라보며 눈을 감는다. 느껴지는 햇살과 바람이 피부를 감싸고 머리칼을 흩날린다. 몸에 스며드는 바람과 함께 산의 이곳저곳을 떠돈다. 바람은 머릿속에서 꿈틀대는 잡다한 생각과 번뇌를 씻겨버리고 햇살은 마음 깊은 곳에 있는 상처를 치유해준다. 아래로 보이는 산수유마을은 노란 빛으로 물들고 분홍의 진달래가 아직은 갈색인 산을 물들이기 시작한다. 겨울잠에서 일찍 깨어난 뱀이 따스한 햇볕을 즐기고 있고 작은 들꽃들도 피어나고 있다.

찬란한 봄날 오후.

혹독한 추위와 눈보라를 견디고 새 잎을 내놓는 연두 잎을 보면 신비롭고 신기하다. 어찌 그리 올 때와 갈 때를 잘 아는지! 이 모든 것들이 자연의 선물이다.

변화

아침, 저녁, 새벽의 모습이 다르다. 하루하루가 다르고 매시간 매초의 풍경이 다르다. 변화무쌍하고 다채로운 자연, 새벽마다 보는 산이건만 날마다 다가오는 감흥이 다르고 느낌이 다르다. 그냥 그대로 그 자리에 있건만 인간의 마음이 변화무쌍한 것인가, 자연이 변화무쌍한 것인가? 새소리와 산의 짙은 녹음이 상쾌하다. 자연스럽게 살아가는 것, 담담하게 물처럼 낮은 곳으로 흐르다보면 넓은 바다도 볼 것이다. 자유롭게 저 공중의 새처럼 노래하며 때로는 힘차게 소리 내며 흐르는 저 폭포처럼 이 세상을 살아가리라.

시골 부자

시골에 머물고 있으니 큰돈이 들어가지 않는다. 아니 소소한 지출이 줄어든다. 손바닥만 한 텃밭에 심어놓은 상추와 네다섯 포기 고춧대에서 나오는 소출로 먹다가 질리면 장에 나가 고등어나 고기 한 근 사오면 며칠 간다. 곱게 단장하고 외출할 일도 없으니 화장도 하지 않고 예쁜 옷을 입지 않아도 되니 옷도 화장품도 구입하질 않는다.

의도적 고립일 수 있다. 텅 빈 통장을 채워 어디론가 떠나고 싶기 때문이다. 내가 돈을 생각 없이 지출할 때는 여행 경비와 책 구입비다. 그러나 지금은 책 구입비도 버거워 자제하고 책장에 있는 책을 다시 읽기로 마음 바꾸니 그것도 괜찮다. 아니 현명한 독서를 한다고 할 수 있겠다. 도시에 있다보면 보고 싶은 것도 많고 하고 싶은 것도 많다. 보고 싶은 사람들은 왜 그리 많은지 서울에 있으면 카드를 통해 외상이 깔려 매달 빚 갚느라 허덕인다. 사람들을 못 보는 것은 아쉬운 일이나 쓸데없이 지출하지 않으니 내게는 시골에 묻혀 사는 것이 적합하다. 상대적 박탈감도 무시할 수가 없다. 돈 많은 누군가와 비교하고 또는 잘 나가는 사람들에 묻혀 있을 때 오는 괴리감과 자괴감에 가슴 쓰린 적이 왜 없겠는가.

'부탄'이라는 나라는 행복지수가 항상 높게 나온다. 그 나라의 사람들이 행복하다고 느끼는 것은 물질이 아닌 마음이다. 가난하지만 자족하고 있는 것에 만족하는 마음이 행복의 척도가 되기 때문이다. 부탄은 관광객도 무한정 받지 않는다. 자연환경이 망가지는 것을 방지하기 위해 관광을 하려면 200달러 정도의 돈을 지불하고 가이드를 사야 관광을 할 수가 있다. 자연을 보호하기 위해서다. 자연과 함께한다는 것은 행복과 깊은 관련이 있겠다.

하나 시골살이라는 것이 생각처럼 낭만적이지 않다. 작업실이 넓다 보니 냉난방이 어렵다. 한낮에는 앉아만 있어도 땀이 줄줄 흐른다. 더위를 이기려고 독서에 몰입하고 저녁이면 탁 때리면 붉은 피를 쏟아내는 모기와 싸워야 한다. 장마로 습해진 공기가 불쾌하게 하고 생기로웠던 초록이 지루해지기도 한다. 사람이란 자신이 하면서 즐기는 일이 있으면 모든 것을 견디게 해준다. 장마의 습기와 녹색의 지루함도 이른 아침 시간과 저녁 해 질 무렵의 시간이 있으므로 상쇄된다.

새소리와 함께 일어나 푸른 새벽 명상하는 시간이 좋고 연한 커피 마시며 독서로 하루를 열어간다는 것이 좋다. 조금 더 내려놓고 비워야 할 시골살이다.

가을 사치

하나

파프리카와 양파 등 채소를 볶고 잘 익은 토마토를 숭덩숭덩 썰어 냄비에 넣고 뭉근하게 익힌다. 세 시간 정도를 끓인 후 그릇에 담아 입에 넣어 목으로 넘긴다. 식도를 타고 내려가는 따스함에 몸과 마음이 따뜻해진다. 몸을 데워주는 따뜻한 음식이 그리운 계절이다.

둘

산책하는 남자의 옷차림이 무거워졌다. 남자는 황홀함과 쓸쓸함을 동시에 느끼며 푸른 하늘을 노래한다. 노상에는 홍시며 밀감이 팔려 가기를 기다리며 앉아 있다. 남자는 뜨끈한 난로 앞에서 달콤한 홍시를 먹으면 좋겠다고 생각한다. 노인에게서 홍시가 든 봉지를 건네받고 하던 산책을 마저 한다.

셋

날카로운 햇살 내리쬐는 오전 열한 시, 인적 없는 골목에 가을이 있다. 붉게 물들어가는 담쟁이와 노랗게 물들고 있는 은행나무는 마주 보며 웃는 듯하다. 화려함을 보여주는 오래된 나무의 무게감과 원숙미가 향기로 발산된다. 차가운 겨울을 나기 위해 화려한 옷도 벗어버리는 나무가 애처롭기도 하지만 믿음직해 보이는 것이다.

넷

잘 익은 대봉 한 입 물고 잠시 고개 들어 하늘 쳐다보기
맛 좋은 포도주에 치즈 한 조각 베어물고 맛 음미하기
말을 많이 하지 않아도 좋은 친구와 가을 길 산책하기
산책하고 함께 웃고 같은 시간을 살고 있다는 것에 기뻐하기
멋진 일이다.

오늘

오늘 일을 너무 많이 했다.

＊오후에는 효소를 정리한다. 2007년 산부터 2016년 산까지 있다. 재미 삼아 만들어놓은 것들을 거르는데 게으름 피운 것이 그대로 보인다. '아! 이렇게나 많이 만들어놓았다니!' 새삼스럽다. 몇 년 된 것은 함께 모아서 백야초 효소가 되었다. 오미자니, 오디니 하는 맛있는 것들은 따로 걸러 여름에 음료로 마시면 좋을 것이다. 복더위 때 마시는 효소음료라는 것이 얼마나 시원하고 맛있는 음료인지 마셔본 사람만 안다. 거르고 병에 담느라 허리는 부러질 것 같지만 마음은 뿌듯하다.

＊시골에 있으면 먹거리가 많아 좋다. 노란 민들레 꽃과 잎을 뜯고 아직 어리지만 들나물을 뜯는다. 마당 작약 아래 피어난 제비꽃과 흰별꽃도 담는다. 초고추장을 뿌려 샐러드를 만든다. 연한 쑥으로 된장국을 끓인다. 쌉싸름하면서 새콤달콤 봄맛이다. 쑥버무리할 만큼 쑥을 뜯고 싶은데 다른 일 하느라고 시간이 나지 않는다. 안타깝다.

＊어제 두릅과 버섯전골에 막걸리 마시고 온 아랫집에 쿠쿠에 찐 달걀과 플레인 요플레에 딸기와 견과류, 효소를 넣어 갈고 과일 썰어 퐁당 담근 요플레를 갖다준다. 아이가 잘 먹는다고 하니 나도 기분 좋다. 역시 받는 것도 좋지만 주는 것도 좋다.

* 꽃이 절정이다. 오늘 이후 질 것 같다. 조팝나무꽃과 복숭아꽃이 아주 예쁘게 피었다. 이 꽃들 지고 나면 또 다른 꽃들이 피겠지. 작업실 저쪽에 가서 사진을 찍고 옆을 보니 산딸기나무에 꽃이 피었다. 산딸기 열렸을 때는 와서 열매를 따느라 바빴는데 꽃은 처음 보았다. 무심하다.

숲의 정령/ acrylic on paper/ 20×27㎝

마당

내가 비운 사이 마당이 다양해졌다.
앵두와 보리수가 익어 단맛 가득하고
마당엔 온갖 새들이 몰려온다.
산비둘기, 할미새, 딱따구리, 때까치, 직박구리…
전에 듣지 못한 새소리들.
벽을 타고 오르던 담쟁이는 벌레들의 먹이가 되어 앙상하다.
약을 해야 하나
담쟁이를 쳐내야 하나
고민이다.
모기들의 밥이 되는 나는 또 어떻고!

만남

소나무가 보이는 그늘에서 김수영을 만나고, 랭보를 만나고, 마르케스를 만나 그들의 이야기를 듣는다. 김수영의 시를 듣고 랭보의 시를 듣는다. 그늘에서 보이는 눈부신 햇살은 약간의 찡그림을 갖게 하지만 햇빛 양양한 숲속에서의 만남이 시끌시끌하다. 숲에서 재잘대는 새들의 노래가 유난히 맑다. 그들의 이야기를 들으면서 목이 타 맑은 생수를 목에 넘기면서도 침을 꼴깍꼴깍 삼키고 있다. 다음엔 무슨 말을 할까? 어떤 단어를 쓰고 그 정신을 차지하고 있는 줄기는 무엇일까. 행간에서 말해주는 것을 찾아 읽는다. 찬바람이 분다. 아직은 삼월이다. 햇볕은 따스하지만, 그늘에서는 아직 늦은 겨울이다. 춥다!

잡초

태풍이 비를 뿌리고 가니 잡초 뽑기가 수월하다. 잡초도 식물인지라 그 자체로 보면 예쁠 법도 하나 예쁘다고 그냥 두면 천지사방으로 뻗어나간다. 채소를 녹여 형태도 없애버리고 꽃도 무성한 잡초 옆에서는 움츠러든다. 그런데 잘 큰 나무 아래에서는 크지를 못한다. 주위만 맴돌 뿐 나무 옆으로 다가서지 못한다.

잡초뿐일까!

머릿속에서는 온갖 생각들이 난무한다. 그 중 나무처럼 크고 바른 생각도 있고 꽃 같은 예쁜 생각도 있다. 살다보면 쓸데없는 생각으로 머릿속이 가득 차 있다. 이것들을 뽑아내야지 예쁘고 바른 생각을 키울 수 있다. 상상이 아닌 공상, 해결되지도 않을 걱정, 뉴스를 접하면서 오는 오지 않은 미래에 대한 우려를 키운다.

마음이 붙잡아 놓지 못하고 서로를 이해 못하는 사람들에 관한 생각이 떠나질 않는다. 잘 지내고 싶어 애를 쓴다. 우린 잘 맞는다고 생각하다 어느 순간 이건 아닌데 하는 생각이 든다. 많은 인연에 물음표가 달리지만 추려내 놓아줄 건 놓아주고 뽑아내자.

잡초가 무성하면 맛있는 채소와 꽃들이 자라지 못한다. 가끔은 마당에서 잡초를 뽑아내고 머릿속에 있는 잡초도 뽑아낸다.

들꽃

어쩌다 화분에 심은 꽃은 귀한 꽃이 아니었다.
물 주면 흡수하고 창틈으로 들어온 한 줄기 빛 생명이 됐다.
관심도 없고 사랑한다는 말 없었으나 죽지는 않았다.
보기에 좋지도 않아 뽑아 없애도 좋았을 테지만 살아 있음에 구석진 곳으로 옮겨졌다.
생기 있는 푸른 잎도 없고 화려한 꽃도 피우지 못했다.
사는 것이 이런 거라고 생각도 하지 않았다.
그저 살아 있으니 살았다.
화분의 생명은 노지에 옮겨졌다.
새로운 환경에 적응하느라 병은 더 깊어졌다.
견디고 나니 꽃을 피웠다.

맑음

모처럼 맑은 겨울날
작업실에 들어서면
물도 틀어야 하고
장작불도 피워야 하고
할 일은 많지만
오는 길에
나무 사이로 보이는
맑고 차가운 겨울 호수
작업실 창에 보이는 산으로 넘어가는 붉은 노을
하늘에서 반짝이는 저 수많은 별도 모처럼 반짝인다.
이곳에 있으면 마음속 미세먼지도 걷힌다.

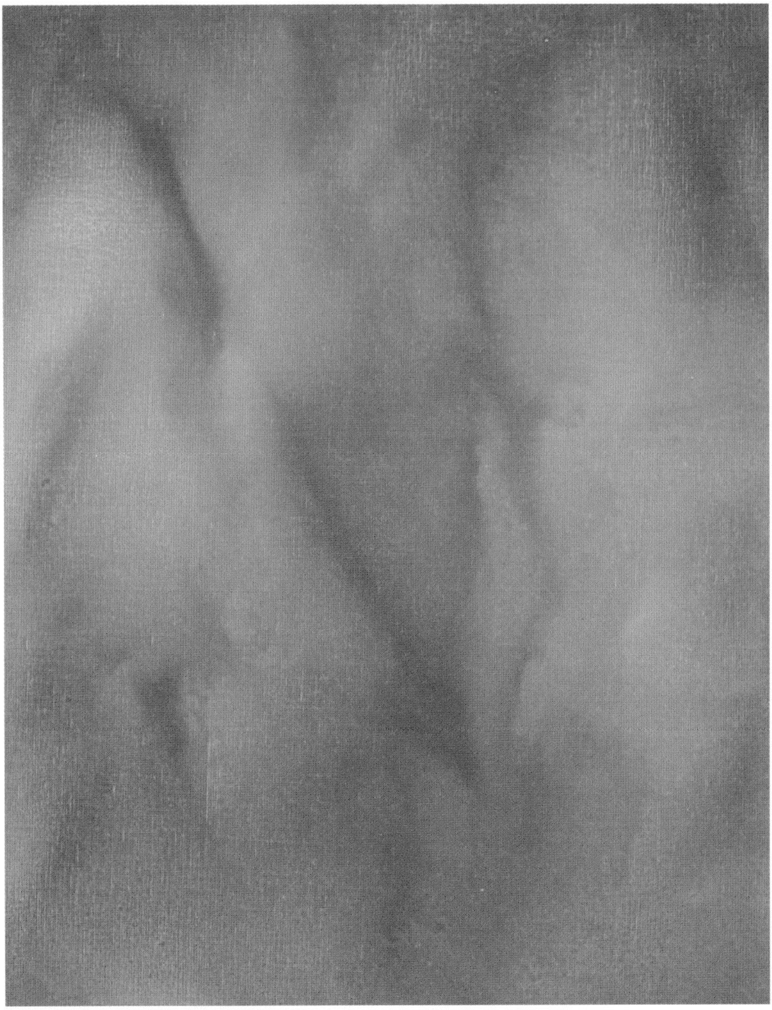

숲새 소리 참 맑다/ acrylic on canvas/ 91×72.3㎝

자연

오랜만에 작업실에 갔다. 추위로 인해 겨울 동안 가지 못한 아쉬움만 가득 가지고 있었던 터에 한밤중에 도착하니 반가움 그득하다. 어둠 속에서 하늘을 보니 하얀 별들이 꽃처럼 피어 있다. 그 중 별 사이로 그믐달이 보인다. 귀여운 아기 모습과 같아 도시에서 지친 심신을 어루만져주는 듯해 가슴이 따뜻해진다.

아침에 일찍 일어나 작업실 주위를 둘러보니 변함없이 잘 지낸 듯해 곧바로 뒤의 금수산에 오른다. 30분 정도 오르면 뒤에서 소나무가 받쳐주고 있는 너럭바위인 나만의 명상터가 있다.

이곳은 지난 봄과 여름에 전시 준비를 하면서 즐겨 찾던 곳으로 앉아서 멀리 청풍호가 보이고 그 뒤로 월악산이 보인다. 잠시 눈을 감고 명상에 잠겨 있는데, 머리 위에서 맑은 소리로 노래를 불러주는 녀석이 있다. 소나무 가지 사이에 앉아 열심히 노래를 부르고 있는 녀석, 소리가 참 맑다. 멀리 보이는 월악산에는 미처 눈이 녹지 않은 모습으로 자리하고 있다.

아직 꽃은 보이지 않으나 땅속에서 움을 트려고 애쓰는 풀잎들의 용쓰는 소리도 들리는 듯하고, 나뭇가지 끝에서는 새순을 내기 위해 용트림을 하는 모습도 보이는 듯하다. 산에서 내려와 나무들을 보니 그 중 산수유나무는 이미 봉오리가 맺혀 있다. 다음 주에 오면 노란 산수유꽃이 피어 있겠구나.

정말이지 자연은 나의 마음과 몸을 맑게 하고 정화해준다.

사기

연붉은 너의 색깔이 너무 곱다. 여인의 입술처럼 뇌쇄적인 너는 나를 한참 망설이게 한다. 너를 먹어야 할지 그냥 보고만 있어야 할지 고민하다가 한 입 베어문다. 입안에 연한 향과 물이 넘친다. 부드러운 달콤함이 입안에 가득 찬다. 또 한 입 베어문다. 처음보다는 향과 달콤함이 덜하다. 또 한 입 넣어본다. 약간은 상한 맛이 입안으로 스며든다. 한 입을 더 입에 넣고는 배신감에 젖어든다. 너는 썩어가는 중이었다. 겉으로 보이는 붉은 색깔과 멀쩡한 모습에 내가 속았다는 것을 먹어본 뒤에야 알게 된 나는 허당이다. 조금 더 살펴보고 만져보았더라면 너의 상태를 알았을 텐데 덥석 입에 물어 첫 번째의 달콤함에 끌려 상해가는 너를 입속에 넣었구나. 너를 버린다. 너는 나에게 배신을 주었고, 사기를 쳤다. 너를 버렸지만 씁쓸하다. 벌레 먹고 못생겼어도 건강한 달콤함이 있고, 감미로운 향기를 내뿜는 복숭아가 있다. 겉만 보고 판단하지 않으리라. 처음 몇 번의 달콤한 친절에 넘어가지 않으리라.

고민

으~ 내가 왜 취와 민들레김치를 한다는 말을 던졌던 것이냐. 몸이 천근만근 오르기 싫었다. 송순을 채취하기 위해 산길을 올랐다. 편두통과 불면에 시달리는 나와 잘 맞는 것이 소나무에서 나는 것들이다. 솔잎주를 마시면서 잠을 잘 자게 되어 송순으로 술을 담기 위해 나서는 길이었다. 가는 길에 숨어 있는 취가 어찌 그리 눈에 잘 띄는 것이냐. 가는 걸음걸음 민들레 잎은 어찌 그리 실하단 말이냐. 나는 어이하여 나물 캐는 시간은 기운이 펄펄 나는 것이냐. 산길을 걸으며 채취한 취와 민들레가 한아름이다. 저물녘에 도착하여 저녁을 먹고 김치 준비를 시작한다. 취를 살짝 데쳐 김치를 담가 맛을 보니 어찌 이리 맛이 좋더란 말이냐. 야생의 향이 그대로 살아 있는 그 맛은 자연의 맛이로다. 민들레는 생것 그대로 김치를 담는데 절임도 데침도 하지 않은지라 소금과 까나리액젓을 넉넉히 넣어 간을 맞춘다. 버무리고 맛을 보니 쌉싸래한 맛이다. 요것도 익혀서 여름에 먹으면 별미이겠다. 갑자기 고민이 된다. 나는 화가인가. 요리사인가? 헷갈린다.

쑥떡

우아하게 아침식사를 하는데 초대하지 않은 손님이 왔다. 직박구리가 옥상 난간에 앉아 청아한 소리로 노래를 부르고 있다. 그 소리가 아침식사 시간의 품격을 높여준다.

아침 메뉴는 쑥떡이다. 마당에서 뜯은 쑥으로 쑥인절미를 만들었다. 랩에 싸서 냉동시킨 쑥떡을 썰어 팬에 노릇노릇하게 굽는다. 겉은 바삭바삭하고 속은 부드러운 쑥떡에 콩가루를 묻히고 꿀을 찍어먹는다.

찹쌀은 위장이 좋지 않은 사람에게 좋다. 만성위염이나 위궤양에는 찹쌀죽을 먹으면 소화가 잘되도록 하고 몸이 차서 발생하는 설사도 멎게 하고 뼈 건강, 고혈압과 동맥경화 예방에 좋아 노화가 예방되지 않을까.

쑥은 눈에 좋은 베타카로틴이 풍부하고 활성산소를 배출해주는 효능이 있어 노화를 방지한다. 또한 찹쌀과 마찬가지로 위장에 좋은데 쑥의 진한 향인 치네올이라는 성분 때문이다. 쑥이라는 식물은 사람에게 참 다양하게 이로운 식물이다. 오죽하면 곰이 먹고 사람이 되었을까.

지금의 내게 딱 맞춤 식단이다. 새살을 돋게 하고 장복하면 늙지 않고 기운이 생긴다니 말이다. 또한 항염증 진통 효과와 항암 효과까지 있다니 쑥의 효능에 놀라울 뿐이다. 아침식사로 그만이다. 맛도 좋으려니와 한 덩어리만 먹어도 속이 든든하고 편하다. 단오 전까지는 쑥을 먹을 수 있다고 한다. 지난해엔 온 마당이 쑥밭이었는데 올해는 그리 많지 않다. 하긴 쑥이 지천이어도 쑥떡 해서 먹는 것은 올해가 처음이다.

아! 직박구리와 참새, 멀리서 뻐꾹새도 합세해 노래를 부른다. 새들의 합창 소리가 기분 좋은 아침이다.

씀바귀

마당에 나가 씀바귀를 뜯는다. 아직 연한 풀잎을 뜯으니 뽀얀 물을 뿜는다. 작업실 지은 그해에 들판에 널린 씀바귀를 동네 노인께서 가르쳐주셨다.

앞집 노인은 들에 나가 씀바귀 한 움큼 뜯어와 빨간 고추장 듬뿍 넣어 비빔밥을 만들었다. 옆에서 지켜보던 내 손에 수저를 쥐어주며 한 숟가락 뜨라고 했다. 밥맛 없을 땐 최고라며 입가에 붉은 물들이며 씀바귀비빔밥을 맛있게도 드셨다.

어느 해인가 뜻 모를 말들을 하더니 치매로 요양병원에 들어가셨다. 며느리 시집살이 고되게도 시켰지만, 우리를 보면 환한 웃음보이던 노인은 지난해에 돌아가셨다. 노인의 며느리는 시어머니 돌아가신 후 남편에게 아주 잘한다. 시어머니의 시집살이 화를 남편에게 쏟아냈던 며느리가 지금은 애살스럽게도 잘한다.

씀바귀를 뜯는다.

흐르는 물에 씻어 소쿠리에 담은 씀바귀 잎을 손에 담는다. 밥 한 숟가락 올리고 빨간 고추장 얹어 입에 넣는다. 아직은 연하고 쌉싸름한 씀바귀 쌈을 한 입 가득 넣어 우적우적 씹는다. 그 어느 해 초여름에 빨간 비빔밥 한 술 뜨라던 노인은 없지만 연하고 쌉싸름한 씀바귀에 빨간 고추장을 넣어 비벼먹고 있다.

쑴바귀를 뜯으며 들러보니 꽃들이 많이 피었다. 산에서 캐다 심은 분홍의 겹작약이 활짝 피운 아이와 아직 봉오리인 채 피우길 기다리는 아이가 있다. 과일나무 녹색의 잎들과 보색인 빨강의 양귀비도 절정이다. 흰 마거릿은 독일 베를린에서 사와 지지난해에 심었는데 지난해 겨울에 나오지 않더니 올해는 이곳저곳에서 많이 피어 예쁘구나. 작은 텃밭에 쑥갓 모양을 하고 올라와 쑥갓인가? 갸우뚱했는데 예쁜 꽃 피워주니 고맙다. 노란 금계국이 꽃 피면 노랑 정원이 되겠구나.

마지막엔 행운의 네 잎 클로버까지 얻는다.

장맛

미니멀리즘 작업을 하면서 대학교에서 아이들을 가르치는 남편은 천상 자연주의자다. 작업실에 풀들이 '풀쑥풀쑥' 자라도 약을 치지도 않고 대부분 그냥 둔다. 고추라든가 먹을 양식을 심어도 태평농법이라며 자라는 풀들을 내치지 않는다. 그냥 멍하니 먼 산을 보고 있다거나 나무가 자라거나 꽃이 피어나는 모습을 관찰할 뿐이다. 그런 사람이 장을 담갔다. 인터넷을 뒤져 장 담그는 방법을 공부하고 메주를 샀다. 죽염을 풀어 달걀이 뜰 만큼의 염도로 풀어놓더니 옻나무를 끓여 식혀서 소금물과 합쳤다. 항아리에 메주를 넣고 들이붓는다. 대추 몇 알과 붉은 고추 몇 개, 숯을 넣고 메주가 뜨지 않도록 나무로 눌러준다. 지난 정월에 한 일이다. 3개월 만에 메주를 건져 손가락 사이로 주르륵 흘릴 만큼의 농도로 된장을 만들었다. 간장의 반은 달이고 반은 생으로 두었다. 간장 맛을 보니 달콤달콤하다. 어찌 간장이 이리 달콤할 수 있는지 의아스럽다. 된장도 아직 숙성되지 않았지만 맛이 좋다. 3개월이 지나면 먹을 수 있다니 기대가 된다. 요즘 내 입에서 자주 하는 말이 "우리 매년 된장 담자"이다. 내가 한 일이라고는 된장 버무린 것밖에는 없지만 줄기차게 말한다. 왜냐하면 너무 맛있으니까!

재미

아침부터 비가 내린다. 천둥소리 요란하고 빗소리 세차다. 산이 숨어버렸다.

새들도 집에 들어갔는지 숨소리조차 들리지 않고 스콜성 소나기가 작업실에 들이치면 급히 창문을 닫고 열기를 반복한다. 순간 작업실 창문 닫는 사이 흠뻑 젖어버린 침대 위 물건들! 남자는 부지런히 움직이고, 여자는 베짱이처럼 책만 보고 있다가 한 잔소리 듣는다. 이런 날 골방에 앉아 오래 전에 읽었던 책 꺼내 보는 재미가 쏠쏠하구나.

나물

작업실 앞마당에 쑥이 지천이다. 5월 초의 날이라기엔 덥다. 뜨거워지기 전 모자를 둘러쓰고 돌나물과 쑥을 뜯는다. 처음 만든 돌나물 물김치가 맛이 좋아 이번엔 본격적으로 만들어 보기 위해 한 바구니 뜯는다. 쑥은 그야말로 쑥쑥 커 있어 가위로 자르기만 하니 쑥을 뜯는다는 말이 어색하다. 서울에 조문 갈 일이 있어 한 봉지만 뜯었다. 돌나물 물김치를 만드는데 조금 정성을 들였다. 꽃 당근을 만들어 납작납작 썰고 무도 나박나박 썰었다. 마늘, 양파, 무에 사과를 넣고 갈아 삼베 주머니에 넣어 양념을 빼고 주머니를 김치통에 넣어둔다. 고춧가루도 바구니에 걸러서 붉은 물을 들이고 매실액을 한 스푼 넣는다. 맛이 괜찮다. 쑥은 데쳐 지퍼백에 넣고 물김치와 함께 차에 넣고 서울로 향한다. 쑥은 서울서 쑥떡을 만들어 엄마에게 갖고 가기 위해서다.

쑥떡은 나에게 고향의 음식이고 엄마를 생각하게 하는 음식이다. 이맘때쯤 쑥을 말려 설에 쑥떡을 했는데 그 맛은 특별했다. 쌉싸름한 맛이 나는 진한 쑥떡을 지금은 볼 수가 없다. 엄마는 추운 겨울 입이 궁금할 때면 쑥떡을 꺼내 불에 굽거나 팬에 구워 내온다. 조청에 찍어 먹는 그 맛은 지금의 달콤한 맛과는 다른 깊은 맛이 난다. 다른 곳에서는 먹어볼 수가 없었기에 진한 쑥떡의 맛은 엄마의 맛이었다. 어려서는 부모에게서 정을 받지 못하고 남편에게서도 살뜰한 사랑을 받지 못하고 살아온 엄마를 생각하면 애잔하다.

풍경/ water color on canvas/ 21×15㎝

무지

시골의 아침은 고즈넉하고 적요한 시간이다. 그늘진 밖에서 커피를 마시는 시간은 자연과 물아일체가 되는 느낌이다. 편한 시간이다. 커피를 마시다 문득 감잎에 비타민C가 많다는 것이 생각났고, 의자에 등을 기대고 커피를 마시는 내 눈에 감나무에 연두의 잎들이 보인다. 커피를 마시다 탁자에 두고 바구니를 들고 마당에 있는 잎들을 땄다. 물에다 헹구고서 물기를 없애기 위해 탁자에 놓고 느긋하게 앉아 식은 커피를 마신다. 작업실에 있던 남자가 나와 바구니에 담긴 잎을 가만히 쳐다본다.

"이 잎사귀들 왜 땄어?"

"감잎차 만들려고요. 비타민C가 많다고 해서…."

"이게 감잎이야?"

"응."

"배나무잎이 더 많은데."

"아니야. 감나무에서 땄는데."

"아직 감나무와 배나무 잎을 구별하지도 못하면서 시골에 어떻게 사냐."

"아, 정말. 저거 배가 열렸던 나무네."

남자는 바구니에서 잎들 대부분을 날려버리더니 산으로 올라간다. 얼마나 시간이 지났을까? 남자는 바구니 한 가득 잎을 따왔다.

"감잎?"

"아니 고욤나무잎."

"고욤나무?"

"감나무의 조상이 고욤나무야. 고욤나무에 접붙여서 감이 열리지. 고욤나무잎이 감나무잎보다 비타민C가 다섯 배는 많을걸?"

아! 나는 그냥 우아하게 앉아서 커피나 마시며 책이나 보고 그림이나 그려야겠다.

열매

작업실 뒷마당에 산딸기나무가 많다. 돌을 쌓은 담 사이로 심지도 않은 산딸기의 탐스럽고 붉은 열매들이 익어간다. 아침에 먹는 쑥떡에 요플레를 먹는데 산딸기를 넣어 먹으니 맛이 싱싱해진다. 붉은 색이 시각적으로 예쁘기도 하지만 천연 비타민을 한 움큼 섭취하니 몸도 마음도 건강해진다. 어제부터 내린 보슬비가 쉬는 사이 밖으로 나가 촉촉한 공기를 마신다. 뒷마당은 잡초가 무성하다. 돌담 사이 붉은 열매가 색스럽게 앉아 있다. 초록의 잎들 사이에 붉은 열매는 보색 관계라 더 매혹적이다. 모기들이 밥이 왔다고 덤빈다. 얼굴에 몇 방, 팔에 몇 방 모기들에게 보시하고 따는데 산딸기나무 가시의 방어전이 만만치가 않다. 아름다운 장미를 꺾으려면 가시에 찔려야 하는 괴로움이 있나니 매혹적이고도 어여쁜 산딸기를 따는데 가시에 찔리는 것쯤은 내 당연히 감수하리라. 작은 녀석들을 하나하나 따려니 시간이 오래 걸린다. 작은 바구니 하나도 채우지 못했는데 한 시간이 가버린다. 작업실 옆 공간에 앵두나무 두 그루를 심었는데 심은 지 다음 해는 많이도 열렸다. 올해는 전지를 해서 그런지 한 그루는 아예 열리지 않았다. 다른 한 그루에도 몇 개 열리지 않았으나 익은 앵두를 딴다. 잘 익은 앵두 맛이 달콤하다. 앞마당에 보리수도 딴다. 과즙이 풍성한 보리수 맛은 달짝지근하다. 시골 작업실에서는 그림 그리는 작업만 하는 것이 아니다. 내추럴한 작업을 할 수 있어 좋다.

5월

낮

캠핑하려고 나무를 베고 길을 만들고 터를 만들고 녹다운되어 있는데 윗집에서 커피 배달을 왔다. 감사!

새소리 들리고 한번씩 꿩이 추임새를 추는 데 좋다.

그런데 날파리가 많은 것은 좋지 않아~.

밤

온몸이 아까시나무와 찔레나무 가시에 찔렸다. 얼굴도 따끔거리고 열이 난다. 가운뎃손가락에는 가시가 박혀 있다. 아랫집에서 베푼 저녁 겸 막걸리도 끌리지 않고 몸이 천근만근이다. 작업실 올라와 하늘 보니 참 예쁘다. 일하는 계절 봄에는 글 한 줄 읽을 시간도 쓸 시간도 없다. 내가 이러려고 시골 생활 시작했나 하는 자괴감이 드는 5월 첫 날밤이다.

슬그머니

앞마당에 햇살들이 모여 있다.
슬그머니 끼어 앉아 어울렸다.

그곳에 내가 있었네/ acrylic on canvas/ 53×41㎝

대가

지루한 장마다. 3일째 내리는 비는 몸과 마음을 눅눅하게 만들어놓았다. 시골에 작업실 완공되자 작업을 하지만 장마가 시작되어 비와의 전쟁을 한다. 뒷마당의 돌이 무너지지 않을까 위로 물꼬를 만들어 주고, 그 물이 아래쪽 펜션으로 내려가 펜션 주인에게 미안하다. 멀리 보이는 산이 구름으로 덮여 신비스러운 모습으로 바뀌고 창을 통해 보이는 마른폭포는 흰 물거품을 만들어내며 물을 쏟아내고 있다. 낭만적 풍경을 감상하는 것도 잠시 창문틀 여기저기서 빗물이 낙숫물처럼 떨어진다. 바닥에 플라스틱 대야와 커다란 통을 대놓고 있다. 공사가 끝나자마자 장마가 시작되었으니 그러려니 해야 할까? 우리의 건축 수준이 이 정도려니 해야 할까? 넉넉지 않은 돈으로 공사를 진행하고 감독하는 사람을 잘못 만난 탓도 있다. 건축에 관한 공부를 하고 신중하게 시작했어야 할 일을 선배가 소개했다고 덜컥 일을 맡겼다. 그 대가로 바닥이 갈라지고 비가 새서 새는 곳을 찾아가며 방수 칠을 해야 했다. 계속 지켜보는 것도 중요한데 서울에 직장으로 일주일에 반만 지켜봤으니 전반적으로 작업실이 만들어지는 상황을 알지를 못했다. 실력 있는 사람을 찾아 온전히 맡기든지, 내가 온전히 참여해야 한다는 것은 깨달았을 땐 이미 늦었다.

산수유나무

높은 산 위에 아직 녹지 않은 눈이 있다.

산수유가 피는 마을이 노랗게 물들기 시작하면 봄바람 든 남녀들 손잡고 산으로 올라가는 등산객들로 붐빈다. 산수유나무 사이로 마을이 예쁜 모습으로 보이는 곳엔 이젤이 펼쳐져 있고 캔버스를 노란 색으로 물들이는 화가의 붓놀림이 바쁘다. 노란 산수유꽃이 필 즈음 마을은 예쁘다. 춘설이라도 내리면 산에 하얀 설경과 마을 노란 풍경이 잘 어울려 겨울과 봄을 느낄 수 있다. 산수유의 노랑은 사람의 마음을 들뜨게는 하지 않지만, 한겨울의 냉기와 눈의 무게를 견디고 꽃을 피운다. 겨울이 끝날 때 꽃을 피워 웅크린 마음에 봄을 데려오고 붉은 열매는 추운 겨울을 지내고 약성이 생기면 추수하여 몸에 흡수한다. 광고에서 한 말처럼 '남자에게 좋지만 뭐라 말을 할 수 없'다는 붉은 열매를 선물로 주는 아름다운 나무이다.

상태

된장을 담으면 된장 항아리가 되고, 고추장을 담으면 고추장 항아리가 된다. 내 그릇에 어떤 것이 담겨 있을까…. 사람을 미워하니 내 그릇엔 흙탕물이 담긴다. 마음을 가라앉히고 그 사람을 무시하고 잊어버리니 마음이 평온해진다. 지금 상태의 내 그릇에 꽃이 담겨 있지 않을까. 그림을 그리면서 숲속에 있는 것처럼 나는 맑아진다. 오늘 하루 이런 상태가 유지되기를 바란다.

시골인심

이른 아침에 눈이 떠져 책을 보다 눈꺼풀이 무거워져 조금 더 자려고 누웠는데 아랫집에 사는 아주머니께서 농사지은 콩을 한 바구니 갖고 오셨다.

며칠 전에 장아찌 담을 식초를 말씀해서 나갔다 오는 길에 식초 한 병 사서 문 앞에 두고 왔더니 일 나가기 전 식초 값 주러 오신 것이다.

"식초값 얼마야?"

"그냥 두셔요."

목소리 톤을 올리며

"아이, 난 싫어. 얼마야?"

평소에 당신이 농사지은 호박이며 가지, 고추 등 맛있는 겨울 묵은지도 갖다주고 심지어는 옥수수를 직접 쪄 따끈따끈할 때 먹으라며 주셔서 맛있게 먹은지라 식초값은 정말 받고 싶지 않았다.

그러나 아주머니는 무척이나 완고하시다. 3.500원 주고 산 식초를

"그럼 3.000원만 주셔요" 했더니

"덜 부른 거 아니야? 만물차에 물어보면 다 알 수 있어" 하신다.

여기서 만물차란 온갖 물건을 싣고 시골 마을을 돌며 조금 비싸게 물건을 판매하는 트럭이다.

아주머니는 진짜 물어보고 차액을 갖고 올 기세로 의심쩍어하더니 3.000원을 주신다.

"그럼 저희도 콩값 드릴게요" 했더니, 그건 아니란다.

콩은 당신이 농사지은 것이기 때문에 그냥 주는 것이고 식초는 돈 주고 구입했기 때문에 받아야 한다는 것.

이것은 무슨 계산법일까?

식초값을 주고는 급히 가시는 아주머니.

농산물에 치는 약이나 제초제를 싫어하지만 아주머니께서 주시는 농산물은 아주머니의 정을 먹는 것이기 때문에 몸에 들어가면 좋은 성분만 흡수될 것이다.

이 아침,

넉넉하고 훈훈한 마음을 갖게 해주신 아주머니가 고맙고 아직은 시골 인심이 있어 살 만한 곳이라는 마음을 갖게 해준다.

하루

＊지난 밤 악몽을 계속 꾸었다. 아침으로 먹을 해독주스를 해놓고 잠들었다. 한잠 자고 나서 눈을 뜨니 좀 편해졌다. 햇살이 너무 좋아 할일 뒤로 미루고 마당 탁자에 앉아 느긋하게 앉아 커피를 마신다. 11시쯤 어제 사온 열무와 얼갈이배추를 절였다. 절이고 나니 이 남자가 결혼식에 같이 가자고 한다. 가지 않고 혼자 있으려고 했는데 가만 생각하니 호숫가에 핀 벚꽃이 절정에 이르렀다는 생각에 미치자 나도 같이 가겠다고 해버렸다. 그리고 폭풍 외출 준비를 하고 나가니 정말 잘했다. "연분홍 치마가 봄바람에~"가 저절로 흥흥대는 봄날이다. 벚꽃이 절정이다. 사진을 찍으려고 하니 눈으로 보고 그냥 간직하라고 한다. 좀 멋지다는 생각에 사진 찍지 않으니 아름다움이 더 많이 보인다.

＊결혼식에 갔다가 충주에서 스파클링 와인을 만들고 있는 지인이 생각나 미리 전화를 하고 방문했다. 언젠가 파리에 갔을 때 며칠 신세졌던 파리지앵이다. 그 가족은 시댁인 알자스에 가고 우리는 그 집에서 며칠을 머물면서 파리를 돌아다녔다. 겨울 파리의 우울한 추위에 그 집에 있었던 옥장판의 따뜻함이 얼마나 고마웠던지! 그때 아기였던 꼬맹이가 기타를 치고 있다. 세월 참 빠르다. 그 사람들이 충주에서 사과를 키워 아무것도 넣지 않은 순수한 사과만으로 사과 스파클링을 만들고 칼바도스를 만든다. 알코올 5도의 스파클링 맛이 좋아 몇 잔을 마시니 기분 좋게 취한다. 파리지앵 남편 도미닉의 성실함이 좋은 맛

의 스파클링을 만들어낼 것이라는 믿음이 간다. 새로운 일을 성취해 가면서 그대도 좋을 글이 나오리라 믿겠소.

＊집에 오는 길에 아랫집 식당에서 두릅을 뜯었다며 놀러오라 한다. 차를 세우고 들어가니 할아버지가 서울 백병원에서 관절수술을 받았는데 좋다며 환한 웃음을 보이신다. "알았으면 한번 갈 수도 있었는데요. 다행입니다." 두릅나물과 버섯전골에 막걸리를 마시고 올라와 아침에 절인 열무와 얼갈이로 김치를 담는다. 만들어놓은 찹쌀죽에 마른 고추를 갈고 양파와 마늘도 갈아 버무린다. 아침에 절인 채소를 바구니에 옮겨두어서인지 그리 짜진 않다. 다 버무리고 맛을 보니 흠. 맛이 좋다.

용서한다는 것

30여 분 산길을 오르니 살짝 땀이 난다.
앉아 있으니 바람이 스쳐가며 몸의 물기를 가지고 간다.
지금은 바람이 고마운 시간이다.
저 멀리 고개 들어 바라보니 안개에 싸인 산과 호수가 뿌옇게 보인다.
맑고 안개가 없는 날에는 호수 건너 월악산 줄기의 능선들이 아름답게 보이는데
오늘은 안개에 가려 거의 보이지 않는다.
가까이 있는 능선만 보일 뿐.
지금 내게 저 안개와 같은 것은 무엇일까?
내 시야를 가려 멀리 보지 못하게 하는 것과
그리고 깊고 맑은 생각을 하지 못하게 하는
저 안개와 같은 것들은 과연 무엇일까?

그것들은 아마 사람들과의 관계에서 오지 않을까.
타인이 나에게 상처를 주거나
또는 자신이 다른 사람의 마음을 다치게 해도 온통 그 생각에 빠져 창의적인 다른 생각을 할 수가 없다.
나에게 어떻게 그럴 수가 있나.
아니면
내가 그 사람에게 그러면 안 되었는데, 하며

부드러운 속삭임/ acrylic on canvas/ 30×30㎝

온 정신과 마음이 그 생각에 빠져 다른 생각을 할 수가 없다.
그야말로 안개에 쌓인 산과 같이!

대추나무

창밖으로 보이는 나무 잎사귀들이 바래진다. 바래지면서 어떤 것들은 노란 색으로 어떤 것들은 붉은 색으로 물들어간다. 작업실 의자에 앉아서 보이는 열매를 맺고 있는 유일한 나무가 대추나무다. 대추가 붉게 물들어가는 모습이 눈에 보인다. 밖에 나가 물든 대추를 한 개 따서 한 입 깨문다. 사각거리는 식감과 달콤함이 나를 기분 좋게 만든다. 작업실을 짓고 비어 있는 땅에다 무얼 심을지 고민을 많이 했다. 작업실에 계속 머무는 것이 아니라 도시를 오가며 생활해야 했기 때문이다. 계속 돌봐줄 수 없는 상황에서 선택한 나무가 대추나무다. 척박한 땅에서도 잘 자란다는 말을 듣고 50여 그루를 사다가 심었다. 그러나 돌밭인 너른 마당에 심어진 나무는 자라질 않는다. 작업실 바로 앞마당에 심은 한 그루만이 잘 자라 열매를 맺고 있다. 나무가 잘 자라려면 토양도 좋아야 하고 영양분도 좋아야 한다는 것을 대추나무를 심어보고 알았던 것이다. 작업실 앞마당은 마사토를 두둑하게 깔고 심어서인지 그런 대로 나무들이 잘 자라고 있지만 태평농법이라는 명분 아래 비료도 약도 주지 않아서 두세 그루는 시들시들하더니 죽어가고 있다. 배나무에 쐐기가 한순간 훑고 지나가더니 잎사귀들을 다 먹어치워 앙상하게 나뭇가지만 남겨진 모습은 충격이었다. 그럼에도 배나무에서 새로운 잎을 내고 자라는 모습을 볼 때도 역시 자연의 신비와 강력한 생명력에 경이로움을 느낀다. 사람이나 식물이나 관심을 갖고 지켜봐주면 잘 자란다. 영양분을 골고루 섭취하게 해줘야 하고 아프면 약이 필요할 때도 있다. 너른 마당에 있는 나무에도 대추는 열려 있다. 그러나 왜소한 나뭇가지가 안쓰럽기만 하다. 내년 이른 봄에는 아이들에게 영양분을 줘야겠다. 이른 겨울에 줘도 되려나? 주인의 게으름에도 달콤한 열매를 선물로 주는 대추나무가 고마운 날이다.

산책

이른 아침 눈을 뜨자 물 한 컵 마신다. 간단히 배낭을 채우고 작업실 뒤 산으로 산책을 한다. 걸어서 30분 정도 오르면 나만의 터가 있다.

올라가는 길, 낮에는 누가 볼까 꼭꼭 오므리고 있는 달맞이꽃이 이슬이 마르기 전 자신의 예쁜 모습을 봐달라는 듯 활짝 피어 있다. 코스모스도 수줍게 하나둘 얼굴을 드러내고 쑥부쟁이도 계절을 재촉하듯 환하게 웃고 있다. 또한 꽃이 피면 백일 후에 서리가 내린다는 배롱나무에도 분홍의 꽃들이 만개했으니 서리 내릴 날이 머지않았으리라. 산에 오르는 초입에 나뭇잎을 이불 삼아 잠자고 일어난 개구리의 눈빛이 몽롱하다. 나의 명상터에 오르기까지의 거리는 얼마 되지 않은 시간이지만 워낙에 더운 계절이라 얼굴과 몸이 땀에 푹 젖었다. 자리에 앉아 먼 산을 바라본 사이 젖은 몸이 다 마르고 몸을 스치는 신선한 바람에 기분이 한결 좋아진다. 눈앞에 보이는 것 모두가 짙은 초록이다. 하지만 길에서 본 풀들은 색이 바래진다.

내려오는 길, 추석 전과 후로 송이와 능이가 많이 난다는 산인지라 잠시 버섯 내음이 코끝을 스친다. 대추나무, 감나무, 밤나무에는 열매들이 주렁주렁 열리고 호박이 노랗게 익어가고 고추는 빨갛게 익어 주인의 손에 의해 말라가고 있다. 아직은 매미 소리도 요란하고 계곡의 물들이 좋은 뜨거운 날들이지만 어김없이 가을이 오고 있다.

이곳은 봄

차가운 바람에 너울대는 호수
산개구리 떼로 나와
봄 처녀 반기자
시샘하는 폭설이 내린다.
햇살이 조각 솜씨를 뽐내
하얀 꽃송이 핀다.
봄이 오는 길이다.

작업실 뒷산 상고대를 보니
언젠가처럼
눈 산에서
러브스토리 찍고 싶네….
생각하다가
마당에서 만난 분홍 꽃에
화들짝 놀란다.
눈밭에서 러브스토리를
찍을 것이 아니라
꽃밭에서 찍어야겠구나!
산꼭대기는 겨울이나
서 있는 이곳은 봄이다.

이기적인 마음

상처를 준 사람을 용서하고 사랑한다.

내가 상처를 준 이에게는 직접 만나 용서를 구하고 미안하다고 사과하는 게 최선이지만, 그렇지 못할 경우 나 스스로 용서를 구하고 미안하다고 사과한다.

나를 위해서!

진심을 가지고서 몇 번인가를 되뇌인다면

그 생각에서 벗어나

진정 해야 하는 생각을 할 수가 있다.

멀리 있는 산을 못 보게 하는 저 안개와 같은 생각과 미안함, 원망 등을 버려야만 앞을 보고 길을 갈 수가 있다.

오늘 하루 옆에 있는 사람을 사랑하고

마음속으로라도 미안해하며 용서를 구하고

살아 있음에 감사하자!

나를 위해서.

나는 누구일까/ pastel on paper/ 24×33cm

꽃보다 사람, 풍경이 아름답다

어제 길가에 무리지어 있는 양귀비가 눈길을 사로잡아 차를 세우고 담았다. 무리지어 있음에 눈길을 끌고 무리지어 있음에 아름다움이다. 아름답지만 뭔가 허전한 풍경이다.

오늘 아침 마당에서 차를 마시는데 붉은 양귀비가 눈에 띈다. 서너 송이가 피어 있지만, 주위에 있는 짙어가는 잎들의 초록과 바윗돌, 항아리가 함께 있는 양귀비는 그 붉음의 존재감을 확연히 드러낸다. 어우러짐의 아름다움은 이런 것이 아닐까. 같은 종이 줄지어 있는 아름다움보다 서로 다르고 각자의 개성을 노출하면서도 받쳐주고 보조해주면서 어우러지는 아름다움이 역시 좋다.

사람들의 모임도 그렇다.

서로 다른 일을 하면서 함께할 때 자신만의 세상을 벗고 함께 어우러질 때 사람들은 아름답다. 큰 산과 같이 모든 사람을 아우르는 사람, 나무와 같이 굳건히 서서 그늘을 내어주고 휴식을 갖게 해주는 사람, 또한 바위처럼 한결같이 그 자리에 있어 언제라도 힘들 때 자리를 내어줄 사람, 풀잎과도 같이 연약한 것 같아도 제 할일 묵묵히 해가는 사람도 있다. 모든 사람이 각각의 매력적인 모습을 보여준다.

각자의 일과 각자의 개성을 갖고 있으면서 그것을 내세우지 않고 사람들과 함께하는 모습은 어떤 풍경보다 더 아름답다. 꽃보다 사람이라 하지 않던가!

사람들/ pen on paper/ 22×22㎝

사람은 그릇과 같다

그릇은 생김새에 따라 그 쓰임새가 다르다. 마찬가지로 사람도 그릇과 같이 생긴 대로 살아간다. 옛 말에 포부가 크고 마음이 넓은 사람을 큰 그릇이라 했다. 반면 소심하고 질투가 많거나 시기하는 사람을 그릇이 작다고 했다. 회사의 리더가 자질을 갖추지 못하고 얼떨결에 되었다면 아랫사람들이 고생한다. 예를 들어 그 사람이 한 행동이나 말이 타인들의 입에 오르내릴 때 아랫사람은 그가 리더라는 이유로 옹호하고 리더에게 간접적으로든 직접적으로든 그 사실을 얘기한다. 리더는 그 말을 옳게 알아듣지 못하고 도리어 화를 낸다. 그때 아랫사람들은 답답함을 느끼며 리더를 무시하게 된다. '그릇이 이것밖에 안 되는구나!' 하면서….

작은 그릇에 많은 음식을 담으면 넘쳐서 그릇에 담긴 훌륭한 음식을 버리게 된다. 그릇도 되지 않은 사람이 리더가 되었다면 참 문제가 많다. 우선 나부터 돌아볼 일이다. 내게 얼마만큼 많은 것이 담길까? 어떤 모양일까? 그릇이 예뻐 멋진 파티에 맛있는 음식을 담길 수도 있고 향기로운 꽃을 한아름 담을 수도 있겠다. 그릇이 작아 짠 간장만 넣는 종지가 될 수 있을 것이며 찌그러져 지저분한 것들을 담아놓기도 하고, 금이 간 그릇은 아무짝에도 쓸모없을 수도 있다. 나는 찌그러지지 않았는지, 금이 가서 쓸모없는 그릇은 아닌지 수시로 돌아볼 일이다.

나무

눈이 아직 녹지 않았다. 녹지 않은 얼음 아래로 맑은 계곡물이 흐른다.

그러나 꽃나무는 꽃을 피우기 위해 봉오리가 만들어져 있다. 추운 겨울 견디고 이른 봄 햇살 맞으며 아름다운 꽃을 피우기 위해 새 신랑 기다리는 수줍은 색시처럼 수줍게 멍울져 있다.

한낮 햇살은 뜨거웠고

밤에도 그리 춥지 않다.

하늘의 별을 보느라 마당 의자에 앉아 하늘을 보니 미세먼지 때문인지 별이 그리 많지 않다.

오늘 많은 일을 했다.

물가에 쉽게 가기 위해 길이 없는 경사진 길에 계단을 만들었다. 곡괭이로 흙을 파서 계단을 만드는데 비탈진 좁은 길에 흙을 파내려니 동작이 크지 않아 팔 힘으로만 움직여서 팔이 아프다.

자작나무들이 산속에 꺾여 있어 그것들을 어깨에 둘러메고 경사진 산길을 걸어 옮겼다. 어깨도 아프고 허리도 아프지만, 마음은 뿌듯하다. 서울에 잠잘 곳이 있는 옥상을 정원으로 만들고 작은 옥탑방을 효율적으로 이용하기 위해서는 선반이 많이 필요하다. 이 나무들은 선반이나 침대의 기둥이 될 것이며 때로는 예쁜 커튼을 내려주는 봉의 역할을 할 것이다.

그 나무들은 옥상정원의 어느 한쪽을 장식하여 멋진 모습으로 탄생하기를 바란다.

공부

책으로 보면 좋다. 이미 알고 있는 글이 나오면 으쓱해지고 몰랐던 사실을 읽게 되면 새로운 걸 알게 되어 즐겁다. 언제까지 배우기만 할 거냐고? 늙어 죽을 때까지 배울 것이다. 내가 하는 일을 하면서 새로운 사실을 알고 정신을 알게 되면 자존감이 하늘을 찌른다. 이 자존감은 나의 기를 팍팍 살려 성질을 버려놓기도 한다. 직설적 화법이 상대에게 상처를 주기도 한다. 센여자라 한다. 그럼 난 또 공부하면서 사람들을 이해하고 포용하는 법을 배운다. 공부를 그리하면서 그것도 모르냐! 그렇게밖에 하지 못하나! 하는 소릴 들으면 빡친다. 나는 성인군자가 아니라 군자의 도를 배우며 조금씩 적용할 뿐이다. 공부를 하는 사람은 모두 성인군자가 된다면 세상 참 편히 살겠다. 그렇게 되질 못하니 이미 알고 있는 사실도 공부하는 것이다. 누군가에게 책을 읽고 좋아 권하면 이미 다 알고 있다며 손을 내젓는다. 아는 내용 다 기억하고 그대로 살 수 있다면 세상에 성인군자 아닌 사람 없겠다.

동치미와 군고구마

색깔 곱다.
오랜만에 동치미 항아리 땅에 묻었다.
그 맛 그 느낌 아니까.
알타리무는 사과 양파 등을 갈고
갖은 양념해서 버무리니 그 맛이 달콤하다.
겨울에 아삭한 맛 보여주렴!
난로 안에서 활활 타고 있는 나무
버려야만 할 것 같았던 난로를 수리하고
고구마 구워 먹으니 참 좋다.
동치미 익으면 고구마와 함께 먹어야겠다.

친구

문을 닫고 독서하기
문을 열고 고운 손님 접대하기
문을 나가 산수를 찾아다니기

옛 선인이 한 이야기다. 글을 보니 내가 지향하고 있는 삶이다. 그러나 뭔가를 안 보고 있는 시간을 견디지 못하는 활자중독에서 벗어나고자 책 읽는 걸 조금 멀리하고 사유의 시간을 좀 더 가져야겠다. 많은 시간 작업실에 있어 아름다운 자연과 늘 함께한다. 단지 술 끊은 지 한 달이 되어가는 이 시점에 고운 친구들을 만나지 못함에 아쉬운 마음을 떨칠 수가 없다. 도시에서도 그렇지만 산골 깊은 곳 어디라도 좋은 글을 읽으며 논할 수 있는 친구, 바람 좋은 날이든 비에 젖는 날이든 술 한 잔 같이하며 시답잖은 수다삼매경에 들 수 있는 친구가 있다면 최고의 삶이라 할 수 있겠다. 혼자서의 절대 고독을 즐기기는 하나 어느 날의 고독은 사람을 미치도록 그럽게 한다. 그런 날은 미친 듯이 붓질을 하고 그림 그리는 데 몰입하다보면 그리움에서 벗어날 수가 있다. 그러나 친구들과 어울려 삶과 문학과 예술에 관해 얘기하며 한잔하고 싶은 이 현실은 금주 중 금단현상일까? 도시에서 어느 날은 좋은 사람들에게 전화해 만나자고 하고 싶었지만 만나면 술자리를 피할 수 없어 하릴없이 거리를 배회하다 귀가하기도 한다. 언젠가는 술을 마시지 않고도 수다를 떨 수 있을 것이며 노래방에서 내 감성에 취해 노래 부르며 춤도 출 수 있을 것이다.

그러나
지금은 은거의 시기.

불편하지만 행복한

좋아하는 시간

살아가면서 좋아하는 시간이 있다.

물리적 시간이라기보다는 그 시간에 뭔가를 할 수 있어 좋은 시간이다. 내게 그 중 한 가지는 추위가 물러가면 야외에서 식사하는 시간이다. 하늘을 물들어가는 풍경을 보면서 저녁 먹는 시간을 사랑한다. 그런 시간을 갖기 위해 편안하고 안락한 집이나 아파트를 선호하지 않아 넉넉지 않은 돈으로 집을 구하면 참 황당해한다. 한번은 서울에서 경기도 고양시 들어가는 입구라고 할 수 있는 가라뫼, 라는 마을에 산 적이 있다. 그곳은 비닐하우스로 넓기는 했지만, 사람이 살기엔 좀 황망한 곳이다. 그린벨트로 묶여 있는 곳이라 비닐하우스 위로 검은 차양막을 덮어 씌어놓았다. 바로 앞에는 무덤 두 개가 있었고 뒷산이 있고 작은 마당에서 마을이 내려다보였다. 우린 그 작은 마당에 탁자를 놓고, 저녁이면 마을을 내려다보며 식사를 하곤 했다.

강화도 호숫가의 집

기한이 되어 더 나은 곳을 찾아보자는 생각으로 인터넷을 뒤진 결과 강화도에 호숫가에 붙어 있는 집 한 채를 발견했다. 집주인이 투자목적으로 사놓고 비워둔 채 방치하고 있는 집이었다. 남편 직장이 서울 시내인지라 잠시 망설였지만 이내 자연 속에서 살고 싶은 마음에 시간을 좀 투자하자 결정하고 강화도로 들어갔다. DMZ 지역에 있는 호숫가 집은 딱 우리 스타일이었다. 그곳에 살면서 지인들을 초대해 파티도 하고 거의 매일 밖에서 식사를 했다. 한겨울 밤 호수가 얼었을 때 얼음 밑에서 내는 호수의 울음소리는 혼자 있는 밤에는 소름 끼치게 무서웠다. '아. 그 두려움과 무서움이라니!' 강의 울음이라는 시적 표현을 알지 못하고 듣는 그 소리는 정말이지 무서웠다. 경사도 심한 흙길을 가파르게 올라가야만 한 그 집에서 눈이 오는 날엔 꼼짝못한다. 한겨울 눈이 왔을 때 차가 미끄러져 견인차를 부른 것이 다섯 번이다. 그 중 한번은 차를 구하러 왔던 견인차가 빠져 그 차를 빼내기 위해 다른 견인차가 오기도 했다. 몹시도 추운 겨울날 난방 기름이 떨어져 집은 냉기로 가득 찼다. 기름을 주문했지만 눈 때문에 미끄러워 올라오지 못한다며 오지를 않아 추위에 벌벌 떨었던 밤도 있었다. 고생스러워도 우리는 좋았다. 자연과 함께하고 어우러져 식사를 할 수 있다는 것에 그리 행복할 수가 없었다. 그리고 몇 군데의 집을 거쳐 지금 작업실을 지었다.

우리의 작업실

작업실은 길이 있다고 해서 샀는데 길 내준다고 한 주민이 길을 안 내준다고 하는 바람에 10년을 마음고생하다가 겨우 길을 만들어 작업실을 지었다. 도시에서 세貰로 전전한지라 우리 땅에 지은 작업실은 정말 작업실답게 갖고 싶었다. 욕심껏 지어놓고 보니 이건 아니다 싶다. 너무 크게 지은 건 실수했다. 그러나 좋다. 왜? 그냥 작업할 공간이 있다는 것이 좋고 밖에 탁자를 놓고 차를 마시고 식사를 하며 햇빛을 받을 수 있어서 좋다. 이것저것 생각하면 골치 아픈 일이 많지만, 자연과 함께한다는 것에 만족하고 다른 것은 생각하지 않기로 한다.

옥상정원

그런데 서울에도 그런 공간이 생겼다. 남편이 아직 현역이기에 서울에 잠잘 곳이 필요하다. 지인의 소개로 옥상이 있는 집을 소개받아 둘러보고는 계약했다. 옥탑방은 작았고, 부엌 공간은 협소하다. 불편함은 있지만 단순하게 살기를 지향한다면 충분히 행복할 수 있다. 옥상을 정원으로 만드는 상상을 하면서 나무를 심고 꽃을 심고 채소를 심는다.

이곳에서 자연을 느낄 수 있을 것이다. 바로 뒤에는 야트막한 북한산 둘레길도 있어 산책하기도 좋겠다. 아침이면 새들이 지나가다 우리를 깨우고 간다. 서울 복판에서 밖에다 탁자를 놓고 식사할 수 있는 것이다. 이제 봄이다. 그리고 따스한 날이 지속되겠지. 그러면 우리는 아침을 밖의 식탁에서 먹으며 새소리를 들을 테고 저녁에는 술 한잔과 함께하며 아름답게 물들이며 지는 석양을 보며 행복에 젖을 터이다. 대중교통을 이용한 때면 몇 번을 갈아타야 하고 가파른 길을 걸어서 계단을 오르는 불편함이 있지만 내게 소중한 곳이다.

잠

이 녀석은 참 예의라곤 없다.
외출해서 푸른 새벽이 되도록 들어오지 않는다.
온밤을 하얗게 지새우게 한다.

잠
이 녀석 눈치라곤 없다.
무쇠 같은 눈꺼풀 들어보지만
꼼짝하지 않는다.
진한 커피 한 잔 마셔야겠다.

잠
이 녀석 참 버르장머리 없다.
밝은 대낮에 느닷없이 찾아와
작업을 하거나 독서에 빠졌을 때 같이 놀아달라고 보챈다.
결국 이 녀석의 투정을 이겨내지 못하고 책상에 엎드린다.

시골 아침

시골
아침은
마른
풀냄새
젖은
흙냄새
맑은
새소리

봄 마중

마음이 싱숭생숭
아직 겨울이 버티고 있는데
깊은 곳에서 꿈틀대는 것
비도 좋고
바람도 좋고
얼어 있는 대지를 깨우면
나도 같이 설렌다.
아직은 안 된다고
꾸우 꾹!
이미 늦었다.
나는 봄의 충동질에 이끌려
자꾸만 자꾸만 밖으로 나간다.
봄 마중하러

버섯

작업실이 있는 마을은 버섯이 많이 나온다.

지금은 송이와 능이의 계절.

우리 눈에도 띄는 것을 보니 버섯 풍년인가보다. 지금은 버섯을 따는 계절이면 산에 오르기도 어렵고, 눈치가 보인다. 마을에서 공동으로 작업해서 이익을 내기 때문이다. 어쩌다 한마을에 사는 지인 집에 들르면 송이버섯을 내온다. 이곳에서 능이는 대접을 받지 못한다. 그런데 식감은 능이가 좋다. 오죽하면 일능이라 하지 않았겠는가. 토종닭에 한약 재료 몇 가지와 능이를 넣어 푹 고으면 아삭거리는 식감이 일품이다. 이 계절 우리는 마을이 없는 산을 오르며 능이를 발견하는 기쁨과 따는 손맛을 볼 때가 있다. 희열과 짜릿함을 어디에 비할까? 자연과 함께할 때 오는 소소한 행복이 나를 만들어간다.

음기

작업실에서 옆쪽으로 눈을 돌려 산 능선을 보면

남자와 여자가 반대로 누워 있는 형상이다. 왼쪽으로는 남자가 오른쪽으로는 여자가 누워 한곳을 바라보는 형상이다.

많은 산이 그렇지만 이곳도 예외는 아니어서 산 능선이 여인이 누워 있는 형태가 많다.

그래서 음기가 세다고 하는데 맞는 것 같기도 하다. 마을의 남녀 어르신들을 보면 보통 할아버지들은 순하고 얌전하다. 그런데 할머니들이 말씀할 때는 우렁차고 수다스럽다. 목소리가 크고 활동적이다.

나도 대책 없이 세고 목소리 커질까 은근 걱정이다.

뉴스

요즘 왜 이리 세태가 흉악할까?

자신의 친자식을 학대하고 죽이는 인간들은 어떤 인간인가? 살인을 하고도 모자라 시체를 훼손하는 인간의 잔인성은 어디까지 갈 것인가. 사는 것이 어렵다보니 이성이나 감정이 마비되는 것인가? 이해되지 않는 사건사고가 넘쳐난다. 유전자변형생물GMO 식품을 계속 섭취하는 것과 우울증이 연관이 있다는 글을 읽었다. 썩은 밀가루가 들어간 음식을 혹시 먹지는 않았을까? GMO 유전자변형식품 섭취와 한국의 자살률 세계 1위도 무관하지 않다고 한다. 회색빛 도시에서 제초제가 들어간 채소를 먹고 유전자변형 콩으로 만든 식용유에 튀긴 두부를 먹고 뇌의 해마를 줄어들게 하는 알코올을 마시며 담배 연기에 노출되어 사는 삶에서 건강한 정신을 바랄 수는 없겠지. 정녕 다 버리고 자연 속에서 사는 것이 답인가.

싱그러운 시간/ acrylic on canvas/ 53×53㎝

제3장

그 지점 어딘가에 있을 기쁨

꿈

또 다른 꿈을 꾼다.
꿈과 열정이 없는 인생은
얼마나 재미없는 인생인가?
꿈꾸는 삶은
아름답고 긴장된 삶을 살게 한다.
그리고 매너리즘에서 벗어나게 한다.

촌부로 살아도 좋고
전문가의 삶도 좋다.
단지 나는 무엇이든 하고 싶은 일
해야 할 일이 있다면
내 삶에 충실하다고
스스로 위안을 준다.

도시

정동길을 걸었고, 경복궁과 덕수궁을 거닌다. 궁은 변함없이 잘 있구나. 내가 비운 사이에도 잘 지내고 있으니 반갑기 그지없다. 궁에서 거닐고 밥 먹던 일이 까마득하다. 코로나블루 시대 궁을 둘러보며 국민들이 잘 지내는 것 같아 한시름 놓는다.

덕수궁 현대미술관에서 1910~1950년대 문인과 화가들을 만난다. 이상과 구본웅의 교류를 보며 좋았고 소설가 박태원의 그림을 보며 그 재능에 놀랐고, 요절한 화가들을 보며 아까워한다. 김환기 〈매화와 달 항아리〉는 언제 봐도 좋다. 2층 북 전시에서는 윤동주와 김소월 시집 원본도 볼 수 있다. 갈증난 정신에 시원한 맥주 한 잔 마신 느낌으로 뿌듯해하며 나오니 비는 계속 오신다.

궁을 나와 다이소에서 우산 하나 펴들고 옆 던킨도너츠에 자리잡는다. 오손도손 가까이 앉진 못해 멀지만, 옆자리 대화가 귀에 들린다. 지인과 대화 중인데 딸에게 교육하며 한 말이다. "너도 세월호에 있었으면 죽었다. 자신이 판단하고 선택해서 결정해야지 윗사람이라고 무조건 순종하는 것은 아니다." 맞는 말이다. 이런 일이 유럽의 아이들에게 일어났으면 어땠을까. 그 아이들도 꼼짝하지 말고 있으라 하면 그대로 있었을까. 모를 일이다. 중학생이라면 아직 어리다 할 수 있으니….

귀에 들린 한마디에 제주 지인이 한 이야기 생각난다. 세월호 양대홍이라는 의인으로 결정난 사무장과 있었던 일을 이야기해준다. 너무 착해 좋은 동생이었다며 배가 침몰하기 전 아내에게 본인이 어찌될지 알 수 없어 아내에게 통장이나 아이들. 유언 같은 문자를 보내고 아이들을 구하기 위해 들어갔다 죽음을 맞이했다는 이야기다. 뉴스에서 들었지만 직접 지인한테서 들어 새로웠던 이야기다. 아직 세월호가 끝나지 않았다.

어쩌다 보니 옆 테이블 이야기 들려와 귀가 '쫑긋'해졌다. 티와 달콤한 도넛을 먹고 정동길을 걷는다. 비 오는 날 우산 쓰고 걸으니, 마치 여고생이 된 기분이다. 그때는 비가 오면 우산도 쓰지 않고 걸어다녔다. 미세먼지 걱정 하나도 없이 비 맞으며 걸었던 시절, 그 좋은 시절을 느끼지도 못하고 생각 없이 숨만 쉬고 있었다. 무에 그리 심각했을까.

정동교회의 붉은 담이 신록의 나무와 잘 어우러져 예쁘고 정동극장엔 브런치 토크 간판이 있고 길가 항아리에 소박하지만 화려한 꽃들이 심겨 있다. 이 길을 몇 번이나 걸었을까. 주위의 것들이 눈에 들어오지 않았던 세월이었다.

정동길을 걷다보니 정신이 촉촉해진다. 아마 종일 내린 비 덕분이기

은은한 오후/ acrylic on canvas/ 22×22㎝

도 하겠다. 도시에 숨어 있는 아름다운 길이 많을 터이다. 가끔 걸어야겠다.

매력

언젠가 옛날 애인이 내게 그랬다.
당신이 술 취하면 기분이 좋다고.
왜냐하면
술 취해 혀 짧은 말로
어눌하게 내뱉는 말들이 사랑스럽다고.
믿거나 말거나!

원래부터 혀 짧은 말을 하진 않았다.
20년쯤 되었나.
작업실이 모여 있는 파주 교하 목동리에 나도 작업실로 한 칸을 쓰고 있었다. 작가들이 모여 있으니 핑계와 이유를 만들어 술자리를 만들곤 했다. 그곳에는 인심 좋은 식당 아주머니가 있었고, 인심 좋은 아내를 닦달하는 괴팍스럽지만 <빨간 구두 아가씨>를 멋들어지게 노래하는 멋쟁이 아저씨도 계셨다. 우리는 참새가 방앗간을 들락거리듯 밥을 먹고, 술을 마셨다.

어느 겨울날 아침 일어나니 펄펄 눈이 내리고 있었다. 눈이 오는 작업실 풍경은 아름답다. 갈탄을 넣는 난로 위 주전자에는 물이 뽀얀 김을 내뿜으며 끓고 있고 나무 위에 쌓여 있는 하얀 눈꽃들이 정겨움을 더해주고 있다. 소담스럽지 않게 폴폴 내리는 눈을 보며 아침을 먹고 잡담을 나누고 있는데 한 작가가 인사동에 나가야 한다면서 옆의 작가들에게 같이 가자고 한다. 차가 있는 작가는 어젯밤 꿈자리가 좋지 않다며 나가기를 거절한다. 나는 꿈도 꾸지 않는지라 흔쾌히 동행하기로 한다. 묵직한 코란도를 운전해 조금 이른 저녁 시간에 나간다.

인사동서 사람들을 만나고 간단히 술 한잔씩 하고 일찍 헤어진다. 물론 나는 술을 마시지 못하고 운전을 한다. 기온도 낮은데다 온종일 조금씩 내린 눈은 파주로 가는 자유로를 빙판길로 만들었다. 조심조심 운전하며 가는데 어느 순간 미끄러져 자유로 갓길 차선에 겨우 멈췄다. 당황해서 잠시 차에서 숨을 고르고 있는 찰나 뒤에서 쿵! 차가 받치는 소리가 들린다. 빙판길에 미끄러져 놀란 가슴 쓸어담고 있는데 뒤에서 차가 부딪치는 소리가 나니 놀람이 배가됐다.

차 문을 열고 어찌된 일인지 살피고자 차 앞쪽으로 돌아 자유로 중앙로 쪽으로 걸어간다. 그 순간 옆 차선에서 달려오던 차에 받혀 몸이 공중으로 올라갔다 바닥에 떨어진다. 운전석 차문을 열고 바로 뒤로 가야 했는데 왜 앞으로 걸어 뒤로 가려 했는지는 나도 모르겠다. 의식을 회복하니 병원이고 형편없는 몰골이다. 머리가 깨지고 다리 한쪽은 부러지고 한쪽은 금이 갔다. 손등의 상처가 보이고 입술 주위의 상처로 거울 속 모습이 기괴하기만 하다. 지금도 상처가 있는 아랫입술 아래가 튕기면서 여기저기 부딪치는 중에 신경도 잘못되었는지 말이 어눌했다. 그 몰골이 재미있었는지 목동리 작가 중 한 명이 사진을 찍어놨는데 지웠는지 보이지 않는다.

아무튼 그때 그 사고로 취하면 나오는 말투가 혀 짧은 어눌한 말투다. 지금도 컨디션이 좋지 않으면 술 마시지 않아도 혀가 돌아가지 않는 느낌을 받은 때가 있다. 그걸 고치려 소리내 책도 열심히 읽었으니 심하긴 했나보다. 그 당시엔 맨정신에 말을 해도 짓궂은 작가는 "벌써 술 마셨어?" 하며 놀리기도 했으나 지금은 많이 없어졌다. 그래도 술에 취하면 한번씩 짧아지는 혀를 어쩔 수가 없다. 내가 혀 짧은 말로 사랑스럽게 얘기해도 그러려니 하시라!

향수

어렸을 적에 길거리음식을 자주 먹었다. 엄마 손 잡고 시장에 가면 순대와 튀김, 떡볶이집은 단골 순례였다. 어느 때부터는 점점 멀어지더니 요즘은 몇 년에 한번 먹는 별미다. 그런데 나는 길거리에서 점심으로 빵을 입에 오물거리며 걸을 때도 있고 과일도 베어물며 다닐 때도 있다. 이것은 아마도 유럽 여행을 길게 하면서 배운 것일 수 있겠다. 그들이 길거리에서 식사하는 모습은 너무나 흔하기 때문이다. 우리와는 먹는 문화가 달라 그럴 수 있지만 나는 쉽게 그런 것들을 받아들이고 별 거부감 없이 그런 행동을 한다. 50대 여인이 길거리에서 음식을 먹는다는 것이 보기에 좋지 않을 수 있겠지만 나는 자유롭다. 규율과 관습과 속박에 얽매여 내가 하고 싶은 일을 못하며 살고 싶지 않다. 이런 행위가 은근 스트레스 해소가 되고 생기 있는 삶이 되게 한다. 지금도 커피는 텀블러에 넣고 수시로 마시며 바게트나 단팥빵을 우적우적 씹으며 길거리를 걷기도 한다.

탐구

드로잉이 있어 10시쯤 나가 광화문에서 청계천로를 걷는 데 기분이 좋았다.

유럽의 어느 거리를 걷고 있는 듯한 생각에 빠져 나 자신이 관광객이 된 듯 여기저기 둘러보며 걷는다.

마침 거리에는 관광객들의 사진 찍는 모습이 자주 눈에 띄어 그랬겠지만 깨끗한 거리나 건물들도 옛날의 획일적인 건물이 아니라 아름답고 예쁜 건물이 함께 어우러져 더욱 빠져들게 한다.

또한 사람들이 분주하게 움직이는 한낮에 농협에 볼일이 있어 찾는데 종로통에 있던 농협이 재개발로 건물이 없어져서 할 수 없이 YMCA 골목으로 들어가 인사동 쪽의 농협을 찾아간다.

그 골목 또한 좁고도 아기자기한 것이 내 마음을 즐겁게 해준다.

화신 먹자골목,

이런 예쁜 골목들이 하나둘씩 없어지는 것에 대해 안타까움을 간직한 채로 걷다보니 인사동이 나온다.

이 골목 또한 처음 걸어본 길이다. 생각해보니 오십 평생 살면서 서울의 거리를 이렇게 보며 느끼며 생각하며 걸어본 적이 없었다는 생각이 든다.

다른 나라에 거리를 관광하며 자세히, 하나라도 놓칠세라 열심히 보던 나 자신이 갑자기 우습게만 느껴진다.

그것은 곧 나 자신은 모르면서 타자만을 열심히 알고자 하고 타자의 좋은 점, 좋은 말에만 혹해 그것만을 쫓지 않았을까 하는 생각이다.

내 안에 있는 무수히 많은 장점과 아름다움에 대해서는 알지도 못하고 인지하지도 못한 채로 오직 타자의 훌륭한 점만을 바라보며 그것을 위해 살아오지 않았을까?

앞으로의 내 생을 남과 같아지는 데 소비하지 말자.

내 안의 잠재력을 충분히 발휘할 수 있도록 나를 바라보고 연구해 나 자신을 좀 더 깊이 알아가자.

늙음

나이가 든다는 것은 늙어가는 일이다. 그런데 젊은 친구들이 늙었다는 생각을 할 수도 있고, 나이든 사람이 아직 젊다는 생각을 할 수 있다. 나이가 든다는 것은 프랑스 시인 브르통의 말대로 느낌이거나 감정이기 때문이다.

그러나 늙는다는 것은 몸이 병들어가는 것이다. 또한 죽음에 한 발짝 더 가까이 가는 것이다. 인간은 어찌할 수 없는 부분이다. 의학기술 발달로 많은 병이 완치되고 수명이 연장되었지만, 나이듦에서 오는 노화현상은 어찌할 수 없어 약이며 침으로 통증을 견디며 산다. 어떻게 하면 나이들어가면서 질 높은 삶을 살아갈 수 있을까. 천 년 넘게 사는 거북이도 있고 나무도 몇 백 년을 사는데 백 년 사는 인생은 왜 이리 힘들게 사는 것인지….

가슴이 찡하거나 마음이 아픈 것은 뇌에서 신호를 보내서라 한다. 그렇다면 우리는 뇌를 건강하게 해야 한다. 그 방법은 뇌를 쉴 새 없이 써야 한다. 책을 읽고 그림도 그리고 노래 부르며 가사를 외우고 퍼즐 맞추는 게임도 하면서 말이다. 뇌에 좋다는 견과류도 먹으면서 게임을 하는 것도 좋겠다. 모두 아는 상식인데 참 실천하며 살기 힘들다.

열정은 우리로 하여금 뭔가에 몰입하게 해 젊음을 유지해준다. 반면에 무기력증은 인간을 더 빨리 늙게 한다. 열정을 계속 지니고 있을 때 뭔가를 배우고 싶고 호기심이 생긴다. 이 열정을 간직하는 방법은 무얼까. 단순하다. 건강해야 한다. 어딘가 아프기 시작하면 아픈 곳에 신경이 집중되어 아무것도 하기 싫고 차라리 죽는 것이 낫다 싶은 생각이 든다. 무기력한 삶은 질이 낮아질 수밖에 없다.

노인들 이야기라고?

천만에! 인간의 뇌는 20대 중반부터 노화가 시작된다. 그러니까 나이 들어 병들기 전에 건강한 생활을 하면서 미리 예방하는 것이 최고라는 말이다. 거기다 알코올은 해마를 쪼그라들게 하고 담배 또한 뇌를 망치는 1급 공로자다. 이런 걸 알면서도 끊지 못하는 나도 참 미련하다. 엄마 옆에 살다보니 건강을 챙긴다.

후각

가파른 골목길을 내려가는데 후각이 예민해진다. 비릿한 생선구이 냄새가 뇌 속으로 침투해 입안에 침이 가득 고이게 한다. 요 며칠 밥상이 단순한 식단인 김치와 상추와 된장이다. 빨리 내려오지 못하는 가파른 길은 솔솔 몰려오는 생선구이 냄새를 꼼짝없이 맡을 수밖에 없다. 냄새는 집밥을 그립게 한다.

새큰새큰한 열무김치와 쪄서 알맞게 무른 가지를 쭉쭉 찢어 참기름에 조물조물 무친 나물에 깨소금이 뿌려져 있고, 살이 통통하게 오른 고등어 한 마리가 노릇노릇 구워져 있다. 청홍 고추가 들어 있고, 통통하게 썬 두부를 넣은 된장찌개가 보글보글 끓고 있다. 한쪽엔 텃밭에서 막 따온 상추와 매운 고추가 수북하게 쌓여 있고, 작은 종지엔 달큼한 된장이 담겨 있다. 요 몇 가지의 차림으로도 밥맛은 꿀맛이며 그릇을 뚝딱 비우게 된다. 골목길에서 생선구이 냄새를 맡으며 집밥을 떠올린다.

살다보면 감각으로 추억에 젖고 깊이 잠들어 있는 기억을 길어올린다. 시각으로 많은 것을 생각하지만 진한 향수를 불러일으키는 것은 냄새, 향기에 의해서다. 집밥 냄새를 맡으면 화목한 가정에서 도란도란 즐겁게 식사하는 저녁이 생각난다. 에스프레소의 진한 향을 맡을 때면 로마의 콜로세움 앞 노천 카페에서의 아름다운 장소와 카페 앞을 지나던 사람들이 생각나며 맛 좋은 맥주를 마시며 진한 향이 날 때는 독일 뒤셀도르프에서 마신 풍미 가득한 맥주 맛이 생각나면서 맥주 받침에 숫자를 표시하던 바의 웨이터가 생각나고, 그 장소의 분위기를 함께한 사람들이 생각난다. 낯선 어딘가에서 맡는 진한 스킨 냄새는 그 스킨로션을 바른 남자를 생각하며 그리움에 젖는다. 여자의 머리칼에서 나는 샴푸 냄새도 마찬가지다. 남녀 간에는 스킨십으로 인해 촉각으로 추억할 수도 있지만 가볍게 추억할 수 있는 시간은 향에 의해서다.

향에 대해 좋지 않은 기억도 있지만, 대부분의 향은 좋은 추억으로 안내해준다. 후각은 살아가면서 행복을 더해주는 감각이다.

이것이 좌파

나는 좌도, 우도 아니다. 하지만 뭔가 아니다 싶으면 그런 것에 상관없이 내 소신껏 힘을 보탠다. 요즘은 사실상 좌나 우라는 이념이 희미해졌다. 그럼에도 불구하고 아직도 색깔론을 들먹거리는 사람을 보면 우스울 뿐이다.

여성의 역할이 커지고 있다. 세월호 참사와 대통령 탄핵 때 많은 역할을 여성들이 해냈다. 시위를 하고 서명을 받고 촛불을 들고 밤거리를 헤매던 여성들을 생각한다. 그들은 이념에 의해서가 아니라 잘못된 것을 바로잡고 좀 더 살기 좋은 나라에서 내 자녀를 키우고 싶은 열망에 거리에 섰고 촛불을 들었다.

여기에서 페미니즘을 이야기하려는 것이 아니다. 나는 극단적 페미니즘을 좋아하지 않는다. 내가 살고 있는 방식이 남자에 종속되지 않은 조금은 자유스러운 삶이라서일지 모르고 큰 폭력을 당해보지 않아서라고 말할 수 있겠다. 그러나 각자 다르게 생겼다는 것을 알고 그것에 맞게 산다면 조화롭게 살아진다 생각하며 살고 있다.

잘못되어가고 있는 현장에 내가 아는 많은 친구가 참여했다. 어떤 이는 그곳에 가서 힐링이 되어 집으로 돌아왔다 한다. 아마도 올바른 일이 함께했다는 자부심이 만들어지지 않았을까. 검찰의 권력이 비대해짐에 우려하고 반대를 하기 위한 일에 앞장선 것이다.

여성들이 많은 일을 했고, 또 하고 있다. 이념에서 떠나서 일상생활을 하면서 나라와 사회가 잘못된 길로 가고 있다면 거리로 나가고 촛불을 드는 것!

나는 이것을 좌파라 부르고 싶다. 그런 의미에서 여성 좌파들이 생각을 실천에 옮기는 행동은 멋있다.

동백

툭!
화려한 일생이 끝나는 소리
새 생명이 움트고
꽃들이 앞다퉈
봄의 날들을
노래할 때
꽃다운 논개가 남강에 뛰어들 듯
시들지 않은 화려함 지닌 채
툭
떨어져서도 도도하다.

나도 언젠가 그랬다. 나이들어 추해지기 전에 생을 마감하자. 서른? 아니 마흔이 되면 나 스스로 세상과 이별하자. 아마도 감성적인 여고 시절 전혜린을 읽으면서 했던 생각 같다. 그 시절 그 나이 때에 한번씩은 해봤을 생각이다. 그런데 세상과 이별하리라던 그 나이를 훌쩍 넘어섰다. 논개의 나이도 전혜린의 나이도 지나왔지만 나는 아직 살아있다. 건강하고 아름답게 삶을 사랑하며 살고 있다. 아직 하고 싶은 일도 있고 가고 싶은 곳도 있다. 그리고 만나고 싶은 사람도 있다. 그 일을 하기 위해 건강을 관리하고 그 사람을 만나기 위해 몸을 관리한다. 관리한다고 해서 돈 들여서 병원에 가거나 스킨숍을 이용하진 않는다. 꾸준하게 스트레칭을 하고 내 나름의 운동을 매일매일 실천하고 있다. 피부 관리도 내 나름의 방법으로 자연 재료를 미용해 팩을 꾸준히 하고 있어 그런지 많이 나이들어 보이진 않는다. 지금은 언젠가 다가올 죽음과 웰다잉에 대해서도 생각하지만 스스로 생을 마감하고자 하고 싶은 마음은 없다. 대신 아름답고 즐거운 삶을 사랑하며 아직도 설렘이 있는 만남을 꿈꾼다. 세상은 살 만하고, 그 누군가 그토록 원했던 삶을 나는 지금 누리고 있는 것이다.

바람과 선물

인디언은 말한다.
수면을 스치는 부드러운 바람은 대기의 선물이고
시원한 그늘은 나무의 선물이며
해마다 열리는 옥수수는 대지의 선물이라고.
함께 말을 타고 들판을 달리는 친구
밥을 해주는 할머니
노래를 불러주는 아이들
이 모두가 위대한 정령의 선물이라고.

부드러운 바람은 아니지만
나뭇잎들이 바람에 흔들리는 모습이 보이고
읽는 책이 바람에 날리고
그 바람을 온몸으로 느끼며
문득 선물에 관한 생각으로 사유가 넓어진다.

인디언들의 말과 같이 자연의 모든 것들이 사람들에게는 고귀한 선물이다.

사람들과의 관계에서도 마찬가지.
살면서 선물을 받고
답례 정도의 선물을 할 뿐

스스로 마음에서 우러나와 선물한 적이 별로 없다는 생각에 초라해진다.

어떤 이는 무슨 날이면 잊지 않고 작은 선물이라도 챙겨주는가 하면 또 어떤 이는 백 속에 늘 무언가를 넣고 다니며 적시에 선물을 주곤 한다.

그 뜻밖의 선물을 받았을 때,

그 선물이 비록 하잘것없는 물건일지라도 그 기쁨과 즐거운 마음의 여운은 길다.

나는 한번이라도 그런 적이 있는가?

의례적 선물

인사치레의 선물이 아닌

사람에게 기쁨과 즐거움을 줄 수 있는 선물.

주는 사람도 받는 사람도 함께 기분이 좋아지는 선물.

바람이 부니 찌들은 정신과 가슴에도

신선한 바람이 분다.

이 바람이 멈추지 않기를….

바람에 부딪히는 풍경 소리가 맑다.

그리움을 담아서/ acrylic on canvas/ 80×80㎝

생각

아내를 존중하고 사랑하는 사람이었으면 좋겠다. 자녀들도 사랑하는 사람이었으면 좋겠다. 아내와 자녀를 사랑하는 것처럼 국민을 사랑하고 존중하는 사람이었으면 좋겠다. 아내에게 신뢰받고 자녀에게 믿음을 받는 아버지처럼 국민에게 신뢰를 받았으면 좋겠고, 자녀들이 아버지를 존경하는 것처럼 국민이 존경하는 사람이었으면 좋겠다.

개인의 감정으로 양심에 거리끼는 일을 만들어서 결단을 내리는데 발목이 잡히지 않았으면 좋겠다. 어떤 결단을 내리든지 당당하고, 거리낌 없이 내릴 수 있는 사람이면 좋겠다.

오로지 권력을 갖기 위해 눈빛과 표정이 망가지지 않은 사람이었으면 좋겠다. 자기합리화를 위해 어렵게 말하지 않고, 국민이 금방 이해하는 말을 하고 애써 만들어 말하지 말고 솔직했으면 좋겠다.

진보와 보수, 우와 좌를 떠나 아우르고 포용해 오직 나라와 국민을 위해 함께할 수 있는 사람이었으면 좋겠다. 다름을 인정할 줄 알고 편협하지 않았으면 좋겠다. 그 주위에 사람들도 그와 같은 사람들이 많았으면 좋겠다. 모든 일을 혼자 하려 하지 않고 적재적소에 전문가를 두어 지혜롭게 살았으면 좋겠다. 글로벌 감각을 잃지 않으면서도 소탈한 멋도 있는 사람이었으면 좋겠다.

추억

텔레비전에서 중년 여인들이 고무줄놀이를 한다. 옆에서 같이 보고 있는 남편이 "당신도 저런 놀이 많이 했지? 나도 여자아이들 고무줄놀이를 하면 고무줄 끊고 도망가곤 했는데" 한다. 사람들은 저런 장면을 보면 회상에 젖는다. 그래, 나도 저러고 놀았는데…. 그러나 나는 그런 기억이 없다. 어쩌다 텔레비전에서 한번씩 봤을 뿐이다. 어렴풋이 기억나는 놀이는 서울의 어느 골목길에서 다방구 놀이를 했던 기억이 있다. 거의 저녁 때까지 놀았던 기억이 나는 걸 보면 아주 많이 놀지 않았던 것은 아니나 초등학교 친구와 놀았던 기억이 없다. 그도 그럴 것이 초등학교 때 전학을 거의 2년에 한번씩 했으니 친구를 사귈 기회가 없었다. 졸업식도 참석 못해 졸업 기록만 있을 뿐이다.

학교 다닐 때 추억이라고 할 수 있는 기억이 뭐가 있을까. 혼자 책상에 앉아 멍하니 창밖만 바라보거나 말이 없는 아이로만 기억된다. 어느 날은 친구와 싸우고 방과 후 책상에 엎드려 실컷 울다가 어둑해질 무렵 집으로 간 기억도 난다. 어쩌다 친구가 된 옥경이는 중학교 가면서 소식이 끊기고 중학교 가서 같은 초등학교 동창이란 걸 알게 된 친구는 최근까지도 유지가 되었으나 만나면 하는 말이 돈 쓰는 말뿐이라 멀리하고 있다. 그러니 초등학교 다닐 때의 좋은 추억이나 친구가 전무한 사람이 되었다. 성인이 되어 친구들과 숨바꼭질도 하고 여자아이들 고무줄놀이할 때 남자아이들이 고무줄을 끊고 도망 다녔다는 이

오전 열한 시/ acrylic on canvas/ 30×30㎝

야기들을 들을 때면 먼 나라 사람들 이야기 같다. 고무줄놀이도 못해 본 중년의 여자라니 참 불쌍하다. 어린 시절 추억이 없는 사람은 불행하기도 하다.

결혼

새하얀 드레스를 입은 신부의 떨리는 미소가 아름답다. 아버지의 손을 살짝 잡은 그녀의 눈은 저만치 앞에 기다리는 남자에게로 가 있다. 이제는 부모 곁을 떠나 한 남자의 아내가 되려 한다. 아버지는 딸이 행복해지기를 바라는 마음 가득 안고 딸을 사랑하는 남자에게 손을 건네준다. 부모를 떠난다는 서운함과 사랑하는 사람과 한 가정을 이루는 설렘이 교차한다. 한 가정이 만들어지고 아기가 태어나면 세 겹줄이 되어 더 견고해질 것이다. 살다보면 아름답고 잔잔한 호수 같지는 않을 것이다. 거친 바다와 같이 파도가 몰려와 자신이 이룬 것을 한꺼번에 물거품으로 만들 때도 있을 것이며 거친 풍랑으로 좌초될 위기도 겪겠지. 그 순간에도 두려워하지 말고 정면을 바라보며 사랑으로 함께하면 해결될 것이다. 어려움을 딛고 같이 일어서면 끈끈한 정과 의리가 만들어져 서로에게 더 많은 신뢰를 갖게 되지. 세상 풍파가 거세다 해도 부디 그 풍랑을 헤치고 가서 드넓은 세상에서 밝은 태양 아래 기쁨을 누리며 아름다운 생 만들어가렴.

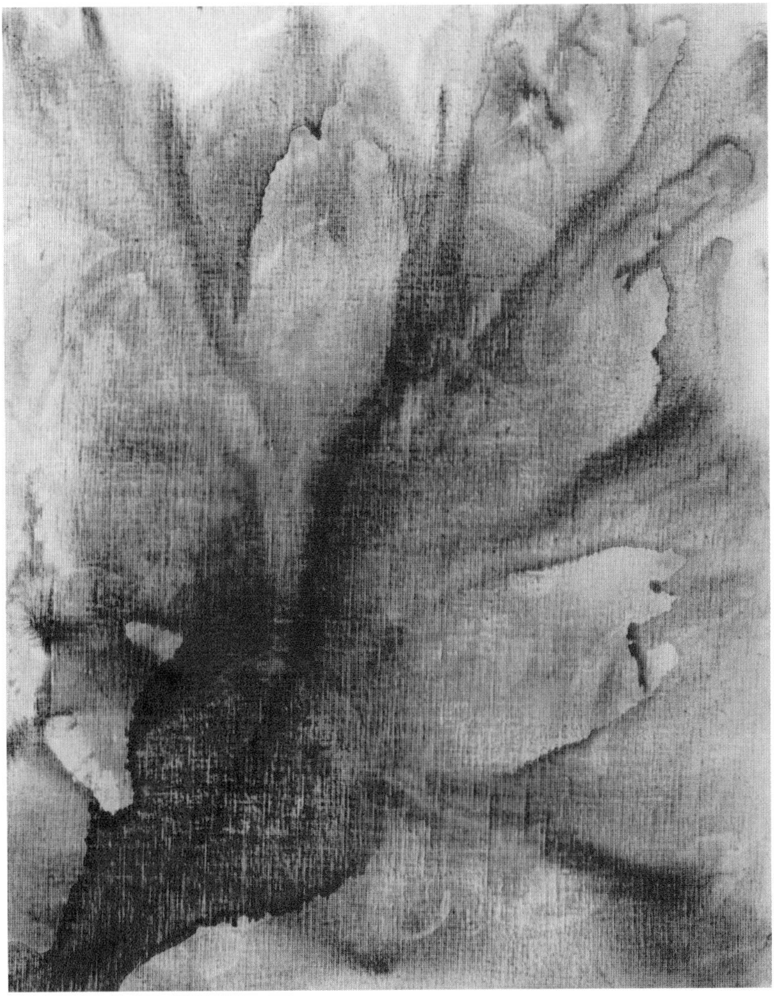

눈부신 오월/ acrylic on canvas/ 91×72.5㎝

걷기

나는 왜 걷는가….
통증을 느끼지 않으려 걷는다.
집에 있으면 생각이라는 것을 하게 되고 늪에 빠진다.
평생 살아온 삶이 애정 결핍이었다.
평생을 나 좀 봐달라고 몸부림치며 살았다.
의식하지 못하고….
그걸 올해 깨달은 것이지.
늪에 빠져 있으면 머리와 얼굴은 긴장감으로 꽉 쪼여든다.
예전에는 자기 연민의 늪에 빠진다고 했다.
자기 연민을 부정적으로 생각했다.
그러나 자기 연민은 필요하다.
힘들게 살아온 자기를 연민하고 위로해주는 것은 필수다.
그래서 자기 연민의 늪이 아닌 생각의 늪이다.
생각하다보면 과거의 좋지 않은 기억들이 떠오른다.
어느 샌가 발이 닿지 않은 늪에 빠져 있다.
늪에 빠지면 우울하고 무기력해진다.
그 무엇을 해도 활기가 없고 처져 있다.
머리와 눈과 어금니 부분이 꽉 조여온다.
이 통증이 너무 괴롭다.
이런 것이 싫어 그냥 나간다.

올레 걷기 축제도 오일권 끊었지만 혼자 걷는 것이 자유롭다.
걷는 순간 옛 기억을 생각하기도 하지만 걸으면서 곧 잊는다.
그런 순간이 좋다.
아무것도 생각하지 않고 기억하지 않는 순간,
명상의 상태에 든 순간
걸을 때가 그렇다.
그래서 걷는다.
지금은 나 자신을 연민하고
위로해줘야 하는 시간이므로….

아날로그적 감성

디지털 시대에 살고 있지만

아날로그 감성이 살아 있다.

혈관에 피가 흐르는 인간임으로

디지털만 가지고는 행복을 느낄 수가 없다.

우리가 살아가는데 서구의 것을 쫓을 것이 아니라 동양의 정신을 사유해 무엇인가를 만들어내야 한다.

코로나19 시대 이후에는 특히 디지털에 깨어 있어야 한다고 말한다. 메타버스에 타지 않으면 낙오자가 된다고 한다. 실상이 그렇다. 코로나 시대에 비대면의 날이 지속된다. 모든 일상이 손 안 스마트폰으로 해결하고 병원이나 식당, 터미널에서는 무인기에서 티켓을 발급받고 주문을 한다. 이제는 디지털을 다루는 것이 선택이 아닌 필수가 된다. 그러다보니 나이든 노인들은 어딜 가서든 당황한다. 카운터에 사람이 없어 당황하고 기계의 무엇을 눌러야 할지 몰라 당황한다. 요즘 제주에는 젊은이들로 넘쳐난다. 동성의 친구들과 연인들이 대부분이다. 그 중 부모님과 함께 온 팀들도 있다. 비행기 티켓이 싼데 모바일로 티켓을 예매하니 그것을 할 줄 아는 젊은이들이 넘치는 것이다. 노인들은 저렴한 가격에도 예매하는 것이 어렵고 그런 것이 있는 줄도 모른다. 사소한 일상에서도 이러니 전문직종에서는 더하리라. 디지털을 알고 메타버스를 타는 것도 필요하다. 그러나 기술을 습득하고 거기에 매몰되어 사는 삶이란 건조하기만 하다. 그러다보니 요즘 사람들은 요가를 하고 명상을 한다. 잠시 나를 돌아보는 시간이다. 나 또한 다르지 않다. 이른 아침에 일어나면 미지근한 물 한 잔을 마셔 내 몸을 깨우고 명상을 한다. 길지 않은 시간이다. 머리가 맑아지고 정돈된 느낌이 든다. 그리고 요가라기보다는 스트레칭으로 몸을 풀어준다.

책을 읽는다. 나이가 들어가면서 기계를 다루는 것은 느리지만 많은 시간을 나를 위해 쓸 수 있어 좋다. 비록 메타버스에 올라타지 못하고 스마트폰 성능을 제대로 활용하지 못해도 독서를 통해 옛 사람들을 만나는 것이 좋고, 아름다운 길을 걷는 시간이 좋다.

설날

명절
기름진 음식
부모님께 세배
받은 세뱃돈에 기분 좋은 날.

어느 때부터인가 이런 것들과 멀어지고 있다. 명절이면 다른 때보다 더 반찬이 소박할 때가 있다. 오늘은 그 무엇도 하지 않은 날이다. 설날이란 말의 감옥에서 탈출했다. 오늘은 오롯이 소박한 일상이다. 아침은 늘 먹는 과일 몇 조각과 채소 몇 잎 넣고 갈아먹는다. 지글지글 전 부치는 기름 냄새도 없고 오색 나물도 없다. 냉장고에서 기다려주는 것은 묵은지와 감태지뿐….

문득,
며칠 전 청풍호에 사는 총각이 준 떡국이 떠오른다.
떡국은 끓여 먹기로 하고, 육수를 뭐로 할 것인가? 생각하니 김치냉장고에 누워 있는 오골계가 보인다. 냉기 속에서 웅크리고 있는 몸 뜨거운 물로 녹여주고 싶어졌다. 오골계에게 서서히 미지근한 물에 샤워를 시키고 냄비에 넣어 뜨거운 김을 쐰다. 대추와 마늘과 황기 몇 가닥 넣고 한 소끔 끓인다. 능이를 넣고 20분쯤 더 끓이다 노곤하게 몸 풀린 오골계를 건져 살만 발라놓고 뼈는 다시 냄비 속으로 투하시킨다. 두 시간 푹 끓인다. 진한 국물이 만들어졌다.

검게 우러난 국물에 떡국을 넣고 집 간장으로 간을 맞춘다. 더 검어졌다. 시각적으로 실패처럼 보인다. 달걀 노른자와 흰자를 분리해 알고명을 만들고, 김 몇 장을 가위로 반듯하게 잘라놓는다. 수저로 국물을 떠서 간을 본다.

'오호, 통제라!' 깊은 맛에 잠시 혀가 혼절한다. 정갈한 그릇에 떡국을 담고 꽃단장시킨다. 잘게 발린 쫄깃한 살과 아삭한 능이를 올리고 노란 민들레 같고 하얀 눈 같은 고명을 올린다. 바다내음 알싸한 김을 얹고 들판에서 길어올린 고소한 향 한 방울 올리니 그 향 창문 넘어 하늘까지 흐른다. 집에서 이리 꽃 같은 떡국과 한 살을 먹는다.

낮술

기차 예매 시간보다 한 시간 빨리 나온다. 이런 절호의 기회를 썩힐 수 없어 제천역 앞 시장통으로 들어선다. 이렇게 시간이 나면 애용하는 메밀전병하는 식당으로 발길이 자동으로 옮겨간다. 배추전과 메밀전병모듬을 시키고 달지 않은 막걸리를 시킨다. 전병이 들어오고 막걸리를 양은 잔에 따라 들이키는데 시원한 맛이 일품이다.

시계는 11시를 가리키고 있다. 이 시간의 음주는 해장술인가. 낮술인가. 함께 마시는 낮술은 즐거운데 혼자 하는 낮술은 편안하고 사유하는 시간과 함께 글을 써 이곳에 올리는 시간이 있어 좋다. 이것은 오늘 나의 행복이다.

작업실을 나오다보니 두 노인이 사는 집 대문이 닫혀 있다. 한 분은 요양병원에 가시고 한 분은 서울 병원에 입원하셨단다. 사람이 이리 살다 죽는 것이 인생이라며 차를 타고 달리는데 사이클에 짐을 잔뜩 싣고 달리는 남자가 보인다.

저 모습이 인생이다. 살아야만 하기에 짐이 없을 수는 없으나 짐이 너무 많으면 오도가도 못한다. 내게 알맞은 짐을 지며 가야지 발걸음 가볍게 유쾌한 길을 갈 수 있는 것이다. 돈 많은 재벌이라 해도 다른 세상에 갈 때 무엇을 가지고 갔는가? 하니 빈손으로 갔다.

아침에 나오는 길 문이 걸어 잠긴 노인들의 집을 보며 내가 어떻게 살아야 하는지 생각하며 그렇게 살아가기를 바라며 막걸리 한 잔 들이키는 한낮의 행복이다.

회상

가끔 생각한다.

10년 전 자유로에서 당한 교통사고 때 다리가 절단되었으면 내 삶은 어떤 모습일까. 다리가 부러져 쇠심을 박고 또 다른 다리는 금이 가서 깁스를 3개월 동안 하고 있었던지라 지금도 상태가 좋지 않다. 동상이 걸린 듯한 차가운 느낌과 저림 증상이 있고, 부러졌던 발은 작은 압박에도 통증이 있고 상처가 잘 난다. 그럼에도 감사하다는 마음이 들 때는 산행할 때이다.

백만 년 만에 하는 산행이 고역스러우면서도 즐거운 것은 자연을 느낄 수 있기 때문이다. 아름다움은 느끼는 것이라 했다. 자연이든 사람이든 예술이든 일단은 보고 자신이 아름답다고 느껴야 비로소 아름다운 것이 될 수 있는 것이다. 오랜만에 오르는 산이라 숨이 턱까지 차서 헉헉대지만, 비 온 뒤의 산이 맑아 가시거리는 저 멀리 산 능선까지도 깨끗하게 보인다. 산을 오르면서 늘 하는 감사한 마음을 갖고 오른다.

헬렌 켈러가 눈을 뜨면 하고 싶어하던 일은 지극히 평범한 일이다. 가르쳐준 선생님의 얼굴을 보는 것과 새벽에 일어나 해가 뜨는 것과 밤하늘의 별을 보고 싶어했으며, 마지막으로 아침 일찍 출근하는 사람들의 활기찬 모습을 보고 싶어했다. 세상을 못 보는 이의 소원은 지극히 소박하다. 그녀가 평생 소원하는 것을 나는 현재 모든 것을 하면서 살고 있다. 자연을 보고 느끼며 좋은 사람들과 만나 아름다운 소통을 하고 내가 하고 싶은 일을 하고 있는 것이다. 참 감사한 일이다. 산행할 때면 느끼는 이 감정을 평상시에도 생각하면서 살아야 하는데….

사치

악마의 열매라 했던가.

에티오피아에 내려오는 전설이 있다. 에티오피아고원에서 양을 치던 목동인 칼디가 자신의 양들이 이상한 열매를 먹고 잠도 안 자고 밤새 뛰노는 걸 보고는 신기해 콩을 먹었더니 각성효과가 있음을 발견하고 재배를 시작했다. 마을의 신부를 만나 이 열매에 각성효과가 있다고 했더니 '악마의 열매'라며 먹는 걸 금지했다고 한다.

불면의 밤을 보낸 날이 많다. 커피를 마시는 아침의 이 시간은 내게 보석 같다. 하루에 딱 한 잔만 허락되는 커피를 즐기기 위해 양치를 한다. 곱게 단장하고 그 시간을 즐기면 좋겠지만 그렇게까지는 못한다. 커피 맛을 음미하기 위한 나만의 예의다. 아라비카의 은은한 단맛과 신맛을 느낀다. 어느 날은 브라질의 부드럽고 구수한 향이 강한 바디감에 묵직한 맛도 느낀다. 소소한 행복, 나의 작은 사치다.

고종은 커피를 좋아했다고 한다. 고종을 암살하기 위해 커피에 독을 탔는데, 평소 마시던 향과 다름을 눈치챈 고종은 커피를 마시지 않아 독살 위기에서 벗어났다고 한다.

문재인블렌딩이 있을 정도로 따뜻한 커피를 즐기는 대통령의 직접 커피 따르는 모습이 좋다.

문재인블렌딩이라고 한다.

소묘/ charcoal on paper/ 23×30㎝

콜롬비아 4 + 브라질 3 + 에티오피아 2 + 과테말라 1
어떤 맛일지 궁금하다.

커피를 마시며 오늘을 열다.

제하 샘

젖은 공기 헤치고 바닷길 따라가니

성산 일출봉 하늘 치솟은 곳

이젤에 기댄

살굿빛 여인 춤추고 있다.

눅눅한 바다

해녀들 물질하고

낮은 하늘에 구름이 잠든다.

이야기하다보니 성산도 어둠에 잠기고

바다도 검게 물들었다.

장맛비에 쫓겨

중산간 마을로 급히 온다.

노인

노인은 된장지짐을 좋아했다.

노인이 차린 밥상은 소박했다. 그 중 된장에 시래기나 배춧잎을 넣어 끓인 된장지짐이 있다. 물을 자작하게 넣고 멸치를 몇 마리 올리고 들기름을 둘둘 두른다. 불 위에서 끓는 냄비 뚜껑이 덜컹거린다. 집 안 가득 된장 냄새로 향기롭다. 그 구수하고 침 고이는 냄새라니. 집안은 일흔 노인의 몸같이 낡았지만, 사람을 좋아하여 점심 만찬을 즐기셨다. 별것 들어가지 않는 된장지짐에 사람들이 환호하는 것은 아마도 음식을 만들면서 사람들에게 맛있게 먹이고 싶은 고운 마음이 들어 있기 때문일 것이다. 노인 밥상에 둘러앉아 도란도란 이야기 나누는 소박한 밥상이 그리워진다. 사람이 상처도 주지만 치유할 수도 있다. 특히 외로움이라는 병에는 특효약이다.

신홍리

짭조름한 냄새

입 안 가득 침이 고인다.

신홍리 어디쯤에선가 명상에 든다.

말을 하지 않았어도 통한 말

에너지를 쓸데없이 낭비하지 말라.

풍랑에 떠밀려온 파도

바위에 부서져 포말이 된다.

먹구름 걷히고

태양 빛 강렬한 오후 4시

빛은 나오자 저물어간다.

구토

많은 말을 생각 없이 뱉어낸다.
어느 순간 깨닫는다.
내가 예쁜 말만 하는구나!
꽃 같은 말을 너무 많이 했다.
떨어진 꽃잎들 쓰레기 되어 쌓인다.
어지럽고 구토가 난다.

선의 사유/ oil on canvas/ 72.5×91㎝

휴식

먹구름이 비를 몰고 온다.
몸과 마음이 가라앉는다.
뜨거운 커피에 크래커
무거운 눈꺼풀에 힘이 생긴다.
흐린 날 이 시간은
내게 휴식이다.
눈부신 햇살에 지친 이에게
구름은 소나기를 몰고 오고
바람은 뜨거운 열기를 식힌다.
내 생에도
구름과 소나기는 있었을 것이나
이미 지나갔다.

당신

카페 창밖 하늘이 푸릅니다.

나뭇잎들 부드러운 몸짓으로 춤을 춥니다.

야외 탁자에 쏟아지는 빛의 파동은 잔잔한 영상이 됩니다. 흔들리는 이파리들로 생기 있는 풍경이 됩니다. 나무 옆 탁자에 한 남자 앉아 있습니다. 선이 고운 얼굴에 담배를 입에 물고 있군요. 삐딱하게 담배를 물고 책을 읽는 남자는 뭔가 매력적입니다. 언젠가 당신도 그랬습니다. 담배를 입에 물고 약간 인상을 찡그리며 책을 읽는 모습에 마음 빼앗겼습니다. 그 시간들, 이국의 뜨거운 태양 아래 신열이 납니다. 사랑한다는 것은 형벌이지 싶습니다. 설렘에 불면으로 밤을 새우고 질투에 눈이 멀었습니다. 사랑은 붉은 동백처럼, 하얀 목련처럼 떨어져 흙에 스며들듯 세월 속에 묻힙니다. 푸른 여름이 지나가며 태풍을 뿌립니다. 남긴 폐허에 무엇도 들여놓지 못합니다. 몇 계절이 지나 새로이 잎을 내는 계절이 왔습니다. 흔들리는 나뭇잎 너머 하늘을 낯설게 올려다 봅니다. 문득 당신도 어느 곳에선가 하늘을 보고 있지 않을까. 먼 하늘 아래 어딘가 봄을 맞고 있을 당신 생각합니다. 긴 겨울 보내고 연두 머금은 풀들이 자라겠지요. 이곳의 따뜻한 바람 보내드리니 봄꽃들 피어나겠습니다. 무심하게 보낸 날들이 흐르고 있습니다.

망각

구질구질하고 추레하게 나이드는 사람들 보면 안쓰럽다. 자신의 타고난 능력이나 재능을 필요한 곳에서 빛을 발해야 하는데 엉뚱한 곳에서 썩히고 있다. 모든 사람에게는 그 사람만의 달란트가 있다. 그 중 특별히 많은 끼와 재능이 있는 사람들이 있다. 그 능력을 갖고 노력 없이 살면서 묻혀버리거나 광인이 되는 경우도 있다. 그들도 안타깝지만, 자신이 있어야 할 자리를 망각하고 엉뚱한 곳에서 얼쩡대는 이들은 어찌할 것인가. 학자는 학문을 연구할 때 고귀하며 시인은 시를 쓸 때 시인이다. 그들로 인해 그 재능을 갖지 못한 이들의 삶을 고양하고 깊게 만든다. 종교지도자는 종교인으로서 살고 학자는 학문을 연구하고 정치는 정치가가 해야 한다. 예술이나 학계에서도 정치가는 있다. 그들의 삶은 다분히 정치적이어서 결국 그룹의 장들을 맡아 일을 한다. 그런 사람들이 있어야 나라든 조직이든 돌아간다. 문제는 정치적이지도 못하고 사회성도 없는 사람이 그걸 하려고 하는 모습일 때의 그 사람은 왜소해지고 가소롭고 초라해진다. 그런 사람 보면 안타깝다.

제4장

여행, 그리고 안부를 묻다

공항 단상

어디론가 떠나는 자들
어딘가로 떠났다가 돌아오는 자들
그리고 다시 떠나는 자들
디아스포라의 삶을 볼 수 있는 곳.

이스라엘인들이 광야에서 40년을 돌아다닐 때 신은 만나를 내려주셨다. 그날은 배부르게 먹을 수 있지만, 다음 날 먹기 위해 보관한다면 상해 먹을 수가 없다.

하늘의 새들도 굶기지 않는데 하물며 사랑하는 인간들에게야 그날 먹을 일용할 양식을 주지 않을 리 없다. 물론 거기에는 새들과 같은 부지런함으로 자신의 삶에 최선을 다해야 한다는 조건이 있지만. 오늘 이 시간에 최선을 다해 충실하게 살고 있다면 일용할 양식을 공급받지 않을까. 내일 일을 걱정하면서 저축하고 부동산에 묻어놓는다면 과연 그 돈을 자신이 쓰고 갈 수 있는가? 과거의 상처로 인해 지금도 슬프고 미래에 대한 걱정으로 저당 잡힌 오늘은 참고 견뎌야 한다. 맛있는 것은 내일 먹으면 되고 멋진 여행지는 돈을 조금 더 벌어서 다음에 가면 된다. 과연 다음에 그 소망이 이루어질까? 흔히 돈도 젊었을 때부터 써본 사람이 쓸 줄 알고 고기도 먹어본 사람이 잘 먹는다. 다음? 다음은 없다. 다음이 오기까지 어떤 일이 있을지도 모르며 다음이 오더라도 그때는 이미 노쇠해 먹고 싶어도 미각이 둔화되어 맛을 느낄 수 없으며 아름다운 곳으로 여행을 가고 싶어도 나이든 몸이 생각을 따라주질 않는다. 그러면 어떻게 살아야 좋을까. 어떻게 살아야 한번뿐인 이 생을 아름답게 살다갔다고 할까. 내 삶이 디아스포라의 삶이다. 언젠가는 이 삶의 여정을 끝마칠 때가 온다. 그때까지 푸른 별 한 귀퉁이에서 살다가 갈 것이다. 어떤 사람은 한곳에서만 있다가 갈 것이고 어떤 사람은 여기저기 많은 곳을 다니며 살다갈 것이다. 한번뿐인 생을 어떻게 살다갈 것인지는 각자가 선택해야 할 몫이다.

회귀

"한 문화는 다른 문화와의 소통이 적을수록 다른 문화에 의해 몰락할 확률이 낮다." 인류학자 레비 스트로스가 『슬픈 열대』에서 한 말이다.

여행을 하다보면 그 말이 맞다. 치앙마이도 그렇고 빠이도 그렇다. 여행자들을 위한 도시로 탈바꿈했다. 그들 전통적인 것들은 관광상품이 되었다. 고산족도 관광객에게 보여주기 위해 옷을 입고 있다.

자본의 논리로 돈을 벌기 위해 살고 있으니 그 삶은 행복할까? 조금 더 많은 돈을 벌려고 생각하며 사는 삶은 이미 답이 있다. 동남아 가난한 도시가 행복지수가 높게 나온 걸 보면서 돈과 행복이 비례하지 않는다는 걸 알고 있다. 여행자들이 끊임없이 자연적이고 개발되지 않는 곳을 찾아내면 묻혀 살던 이들이 밖으로 나온다. 그리되면 그들의 문화는 상품화되고 여행자들은 그것이 싫어 또 다른 숨은 곳을 찾아다닌다.

나 또한 도시화되고 관광지가 된 곳들은 싫다. 문명사회에 피로를 느낀 사람들은 오늘도 조용히 행복하게 사는 이들을 들쑤셔놓을 것이다. 그곳이 좋다고 나는 또 갈 것이고…. 나도 그들의 행복을 방해하는 요인이 되어가고 있다. 여행자들과 인류학자들이 찾아낸 그곳을 그들의 성지로 탈바꿈한다. 원주민들이 즐기는 곳이 아닌 여행자들이 느끼고 즐기는 곳으로 만들어진다. 탈바꿈한 그곳의 문화나 분위기는 여행자들의 발길을 사로잡아 여행자들의 파라다이스로 만들어버린다. 도시화로 그곳에 살던 이들 중에도 도시 문명에 환멸을 느낀 이들은 다시 자연으로 돌아갈 것이다. 도연명이 「귀거래사」를 쓰고 자연으로 들어갔듯이….

도시의 카페에 앉아 지나가는 사람들도 보며 앉아 있는 시간을 즐기지만 역시 나에게 집중하며 명징해지는 순간이 좋다. 그 순간은 작업실에서의 시간이다. 그렇다면 나는 내 일을 하는 순간을 사랑하는 것이다. 일찍이 많은 이들이 그랬던 것처럼 나도 가난한 은거를 하며 고요한 행복을 추구해야 하는 것이 아닌가!

사람들은 여행하며 집의 소중함을 느낀다. 여행도 중독인지라 때가 되면 마음이 동해 길을 나서지만 내 공간이 그리워진다.

삶을 즐기려면

＊오전에는 카페에서 커피를 마시며 작은 공책에 스케치한다. 스케치하다보면 시간은 왜 그리 빨리 가는지! 뜨거운 한낮엔 수영장 물속으로 들어갔다 나와 책 보며 시간을 소비한다. 여행이 좋은 것은 혼자의 시간을 가질 수 있고, 마냥 게으르게 상상할 수 있겠다. 이처럼 느긋하다가도 한국에만 들어가면 무슨 할일이 그리 많은지 모를 일이다. 사람을 만나는 일도 있지만, 그 외에도 할일이 많다. 아마도 욕심이 많고 집착이 많기 때문이다. 무언가를 버리는 것이 왜 그다지 어려운 것인지.

＊사실 여행하다보면 필요한 것이 많지 않다.

간소한 살림으로도 얼마든지 생활할 수 있고, 옷도 잘 입는 옷 외엔 입지도 않는다. 여행하면서 생각한 것들을 부디 실행에 옮기자. 이번에 들어가면 정리해야지! 한번 지켜보겠다. 들어오는 길에 수제 도넛을 산다. 그날 만든 양이 팔리면 문 닫는 곳인데 오늘 지나는 길에 보니 도넛이 몇 개 남았다. 4개를 사 콘도에 와 샐러드를 만들어 같이 먹는다. 던킨도너츠와 비슷한 맛이다. 도넛 맛이 그렇지 뭐. 도넛 가게는 길모퉁이 작은 공간에 마련하고 마당에 탁자 세 개 놓고 차와 함께 먹을 수도 있다. 앙증맞은 코끼리 액세서리로 창을 장식해 분위기가 귀여우면서 전원 느낌이다. 오너는 젊고 훤칠한 키 큰 남자다. 오너를 보러오는 아가씨들도 많겠다 싶다.

* 오늘 이렇게 고칼로리 도넛을 먹을 수 있는 것은 날마다 하는 운동 때문이다. 며칠 했다고 뱃살이 좀 들어간 느낌이 들어 도넛을 먹기로 한다. 1시간씩 헬스장 러닝머신 위에서 30분 정도 뛰면 기분 좋게 몸이 젖는다. 얼굴에 땀이 흘러내릴 때 카타르시스를 느낀다. 러닝이 끝나면 아령과 다른 운동 몇 가지를 더 한다. 땀이 흠뻑 나지 않았다 싶을 땐 모든 운동 끝나고 10분 정도 러닝을 세게 하면 땀이 흠뻑 나 기분이 아주 그만이다. 암튼 맛있는 것 먹기 위해서는 운동이 필수고 몸 관리도 잘해야 한다. 살이 쪘다거나 어딘가 아플 땐 먹고 싶어도 먹지 못하는 괴로움을 나는 알고 있다.

백련사

겨울비 내리는 날 백련사에 왔습니다.
붉은 동백 수줍은 듯 숨어 있군요.
비 내리는 사찰이 수행정진합니다.
어지러운 정신 차 한 잔으로 식혀줍니다.
옷 벗은 배롱나무가 일가를 이루고 있고
탐진강이 양수인 양 감싸고돕니다.
고요가 몸에 스밉니다.

붉은 겨울/
acrylic on canvas/ 20×27㎝

서귀포에 이중섭거리가 있다

유럽의 어느 거리를 본떠 만든 듯해서 그렇게 큰 감흥은 없다. 이중섭미술관과 그가 살았던 집이 복원되어 있다. 30대 중반, 어찌보면 그 생애 최고의 행복한 시절을 보낸 것일 수도 있겠다. 일본 유학 시절 만나 어렵게 결혼한 일본인 아내 남덕(마사코)과 두 아들이 편하게 함께 한 시간을 이곳에서 보냈기 때문이다. 비록 가난하긴 했지만 편한 마음으로 마음껏 아내를 사랑하고, 아이들을 충분히 예뻐하며 살았다.

해방 후 전쟁으로 인해 곤궁해진 그 시대에 어쩔 수 없는 선택으로 그의 아내는 아이들을 데리고 일본으로 가게 된다. 그 후의 이중섭의 삶은 가난에서 벗어나질 못하고 재료를 살 돈이 없어 담뱃갑 은박지에 은지화를 그리게 된다. 가족에 대한 그리움과 애틋함을 그대로 옮겨놓은 동화 같은 소품이 많다. 워낙에 순박하고 여린 소를 좋아해 소를 그린 큰 작품 몇 개는 있지만, 재료 살 돈과 장소가 없어 그리지 못했다고 하니 안타깝기만 하다. 술을 좋아하고 친구를 좋아하고 그림이 팔리면 신세진 친구들 불러모아 먹여야 하는 여린 성품으로 인해 가난과 궁핍에서 나오질 못하고 일본에 있는 가족에게도 가지 못한 채 그리워만 한다. 그의 그런 가족에 대한 애틋한 그리움을 알기에 구상과 같은 시인이나 친구들은 그를 돌봐주고 일본에 보내기 위해 돈을 몇 번 마련해주지만 그 시절 가난했던 예술가들은 그의 주머니에 있는 돈을 그대로 두지 않는다.

그렇게 몇 번인가를 일본행을 놓치고 개인전을 해서 호평도 받고 작품이 팔리지만, 예술가들이 돈에 대한 현실감이 떨어지고 그림값을 받아내지 못하는 것은 그때나 지금이나 마찬가지인가보다.

그렇게 집도 없이 화실도 없이 부산·대구·통영 등을 떠돌아다니며 그림을 그리지만, 형편은 나아지지 않고 더 각박해질 뿐이다. 주문처럼 말하던 일본에 있는 가족에게 갈 거다, 라는 말은 기대에서 체념으로 바뀌고 밥을 먹지 못하는 거식증과 정신에 이상이 와서 결국 병원에 입원하게 된다. 병원에서 치료 후 몸 상태가 나아졌을 때 예술가 친구들은 그들의 가난한 방과 화실로 데리고 가고 이중섭의 병원에 돌아가고 싶지 않다는 말에 친구들과의 음주와 화실에서의 춥고 열악한 환경으로 인해 몸 상태가 극도로 악화된다. 다시 병원에 입원하게 되고 그 많던 친구들의 발걸음이 뜸해질 무렵 친구 김이석에 의해 죽은 지 사흘 만에 발견하게 된다.

불혹의 나이 40세에 그는 세상을 떠난 것이다. 예술가로서의 자긍심과 고뇌, 자신의 소 그림을 스페인 투우로 얘기했다고 사고 싶어했던 외국인에게 팔지 않았던 그의 자존심과 우리 것에 대한 애정. 그는 진정 가족이 있는 일본으로 가고 싶어했지만, 가슴 한편 전쟁으로 피폐해진 이 땅을 떠남에 대한 조국에 대한 배신감이 자리잡고 앉아 그를 가족의 품으로 못 가게 하지 않았나 싶다.

고흐가 마지막에 살았던 오베르 쉬즈에 갔다온 느낌을 쓴 적 있다. 이중섭의 삶은 고흐의 삶만큼이나 외롭게 살지 않았나 싶다. 아니 가족에 대한 그리움을 가슴에 품고 살았으니 더 괴로웠겠다.

이 땅에 살면서 서구의 작가들에 대한 글을 읽고 그들의 작품을 보며 감동했던 나를 부끄러워하며 이 땅에서 힘들게 아름답게 예술을 해온 사람들에 대해 깊이 생각해본다.

그럼에도 불구하고 이중섭거리를 보며 오베르 쉬즈를 보존하고 있는 프랑스가 부럽다는 것!

내 아름다운 삶을 위한

4박 5일 올레길을 걷기 위해 제주에 간다. 저가 항공사의 표를 저렴하게 구입했는데 제주에서 김포행 시간을 잘못 봐서 취소하려니 세금과 유류세는 환불이 되지만, 비행기 티켓 값은 환불되지 않는단다. 인터넷으로 구입할 때는 항상 꼼꼼히 살펴보고 구입해야 한다. 아무튼 취소하고 그다음 날로 예매하니 2만 원 정도가 더 비싸졌다.

나는 해외 여행할 때도 대중교통과 두 발을 이용해 골목길을 다니는 여행을 선호하는지라 이번 제주 여행에서도 차를 렌트하지 않고 올레길만을 걸을 예정이다. 물론 처음에는 이곳저곳 가고 싶은 곳도 많아 눈 쌓인 한라산 등반도 할까 했으나 이미 두 번을 다녀왔기에 포기했다.

나 혼자서 올레길 걷기는 처음이다. 그러다보니 짐 싸는데 착오가 생겨 참 힘들게 꾸렸다. 캐리어를 숙소에 맡겨놓고 간단한 배낭 메고 우아하게 걸으려던 꿈은 사라지고 먼저 다녀온 딸의 경험담과 김진석(사진)과 심산(글)의 『첫 비행기 타고 훌쩍 떠난 제주올레 트레킹』을 읽고 짐을 다시 수정, 최소한 간단하게 (계속 이동하기 때문에 짐이 정말 짐스러워질 수 있다고!) 넣었으나 배낭 하나에 5일간의 짐을 꾸려 넣으니 그 무게가 만만치가 않다. 또한 예약해놓은 게스트하우스에서는 비행기 시간이 너무 늦어 버스 막차가 없을지도 모른다며 제주 시

내의 게스트하우스의 전번을 보내준다. '친절도 하시지.'

좀 꼬인다!

아니 철저히 알아보지 않고 준비하지 못한 내 실수를 인정한다. 앞에 포스팅에서 만나고 싶은 사람 만나고 가고 싶은 곳 있으면 떠나자, 라는 말을 실천하고 있기에 과정에 생기는 잘못된 일이나 실수는 분명 해결되리라는 아주 긍정적 생각을 하며 일단 서울은 떠난다.

모슬포항

모슬포 교회
모슬포 성당
모슬포 한의원
모슬포 식당
예쁘지 않은가!

제주 동쪽 세화에서 서쪽 대정에 집을 보고 가는 길.

중산간도로를 달리며 본 모슬포 바다는 아름다웠다. 드넓은 하늘을 물들이는 연한 보라와 산홋빛이 있는 색조의 하늘이 아름다워 자꾸만 고개를 돌리게 만든다. 차를 옆에 세워두고 볼 생각이 왜 들지 않았을까. 아마도 힘든 몸과 정신이 경직돼서이리라. 갈증나게 보고 가는 노을 지는 하늘은 나를 벅차게 한다. 이곳에서 살아보고 싶게 만든다.

다음날 다시 대정으로 가 투룸을 계약한다. 대정은 모슬포항이 속한 지명이다. 대정은 오랜 세월 사람들이 살아온 곳이다. 오래된 동네의 정겨움이 묻어나는 대정은 관광지가 아니라서 매력이 있다. 읍이지만 오래 산 사람들의 안정감이 있다. 사람들은 서쪽 바람은 너무 잦고 세서 살기 힘들다 만류한다. 그러나 바람도 노을진 넓은 바다의 매력을 이기지 못한다.

3월 모슬포 바람은 거세다. 모슬포 앞으로는 마라도와 가파도가 있다. 선창가엔 오래된 술집과 식당들이 즐비하다. 배가 정박해 있는 모슬포항은 선창, 부두라는 말과도 어울린다. 모슬포항을 지나 바닷가를 걸을 때면 바람에 의해 떠밀려가거나 앞으로 한 발짝 떼기가 힘들다. 그래도 좋다.

넓은 바다가 보이는 동일리 포구 쪽으로는 해가 지는 시간 맞춰 빨리 걷기를 하기도 해 아름다운 풍경을 보기도 한다. 노을로 유명한 곳이다. 또한 송악산을 가는 길은 밭담 주위로 노랑 유채와 연보랏빛 갯무 꽃이 어우러진 길이다. 양배추와 브로콜리, 무가 심어진 밭은 현무암으로 쌓인 담과 어우러져 예쁜 풍경을 만든다. 이곳에서 노란 브로콜리 꽃을 보고 너무 신기해 들어가 만져본다.

그리고 고개 들어 멀리 보면 둥근 산방산이 보인다. 산방산까지 가는 길은 밭담길을 걷는 코스도 있고 송악산 지나 사계해안을 걷는 길도 있다. 바람 맞으며 걸으면서도 좋다. 사계해안의 돌들은 매력적이다. 화산 폭발로 떨어진 돌들이 해안에 떨어져 묘한 아름다움이 있어 젊은 친구들 사진 찍으러 많이 온다. 동쪽 바다와는 다르다.

동쪽 바다는 물이 얕아 바다 빛이 예쁘다. 모래 위 바다와 검은 돌위의 바다, 깊은 곳 바다의 색깔이 각기 다른데 그것이 합쳐지면 정말 예쁘다. 언제나 가서 봐도 예쁘다. 그러나 서쪽 바다는 짙푸르다. 검은 청록색의 바다는 위압감을 줘 위축들게도 만들지만 숭고한 아름다움이 있다.

묵호 곰치국

'아침식사 됩니다.' 푯말에 문을 열고 들어간다. 홀에는 단체로 왔는지 10명 남짓의 남녀가 앉아 있다. 억센 사투리는 그들이 사는 곳이 어딘지를 짐작하게 한다. 벽에는 물고기로 만드는 메뉴들이 쓰여 있다. 아침식사는 곰치국이 된다. 일반 식사의 두 배 하는 곰치국을 시킨다. 고성이 고향이라는 주인 여자가 생미역무침이며 밑반찬을 탁자에 놓는다. 깍두기 옆에 놓인 반찬을 맛본다. 가자미식해라고 하는 것은 어정쩡한 맛으로 혀를 어리둥절하게 만든다. 주인 여자가 곰치국을 내온다. 스테인리스 양푼에 가득 담긴 붉은 국물에 김치와 대파가 떠 있다. 수저로 저으니 허연 곰치 살이 어디론가 가지 못한 채 수저에 걸린다. 국물을 떠 입에 넣는다. 시원하다. 곰치의 벌거숭이 흰 살을 입에 넣는다. 안에서 살살 녹더니 없어진다. 10년 전에 처음 먹었던 곰치만큼 신기하지 않지만 부드럽게 스며드는 맛은 역시 좋다. 담백하면서 부드러우니 아침 해장으로 곰치국만 한 것이 또 있을까 싶다. 묵호항의 곰치국, 대게 거리에 오면 다시 찾을 것 같은 느낌적 느낌이 강하다.

한라산 영실 코스

제주의 봄을 온전히 느끼던 날 영실 코스를 드라이브한다.

아! 물을 머금고 있는 나무들의 자태가 유혹적이다. 물을 가득 담았지만, 아직 내뿜지 않아 머금은, 새 잎을 틔우기 전 모습에 완전히 매료됐다. 나는 그동안 뭘 보고 아름답다 했는가. 사계의 모습을 봤노라 자부하지만 이런 모습은 처음이다. 정말이지 열일곱 소녀처럼 설레게 한다.

영실 코스 산행은 매표소에서부터 시작하기도 하지만 매표소에서 차로 10여 분 정도 더 오르면 휴게소가 있고 등산 시작점에 소나무숲이 있다. 휴게소 앞에는 오백장군상이 서 있다. 오백장군은 설문대할망의 아들들이다.

설문대할망이 500명의 아들들 죽을 쑤는데 할망이 빠져버렸다. 밖에서 돌아온 아들들이 죽을 평소보다 더 맛있게 먹는다. 거의 다 먹을 즈음 죽에서 뼈들이 나온다. 어머니의 뼈다. 막내아들은 어머니를 먹은 형들과는 못 산다며 바다로 나가 차귀도라는 섬이 되었다. 다른 499명 아들들은 한라산으로 가 돌이 되었다.

한라산 영실 코스를 오르다보면 유난히 돌이 많다. 능선에는 마치 아들들이 내려다보는 것처럼 줄줄이 서 있다. 설화를 읽고 오르면서 돌을 보니 힘든 줄 모르고 오른다. 중간중간 핀 작은 꽃들과 까마귀들이 가까이 와 반긴다. 너른 벌판에 진달래 피면 장관이겠다. 진달래와 백록담이 어우러진 윗세오름 모습은 사진으로만 본다. 진달래 필 때 한번 더 오르고 싶다. 그만큼 매혹적이다. 유럽의 어느 들판에 서 있는 착각도 일으킨다. 한국 어디서나 볼 수 없지만, 제주 한라산에서 볼 수 있다.

영실에서 백록담에는 오르지 못한다. 그러나 윗세오름 가는 길에 보이는 백록담 모습에 감탄한다. 화산 폭발로 만들어진 산이라 둥글다. 백록담과 산방산 모습이 비슷하다. 물이 가득찬 백록담은 2년 전에 보고 왔다. 그때도 얼마나 좋았던지 페북에 라이브 했던 기억이 난다. 오늘 비록 백록담에 오르지 못했지만 전체 모습을 보는 것도 좋다.

휴게소에서 사간 주먹밥과 약식을 윗세오름에서 먹고 내려온다. 가는 길 노루샘에서 물을 마시고 가도 좋겠다.

유배지 제주에 오기까지

머문 시간/ acrylic on canvas/ 45×37.5㎝

제주 일 년 살겠다 하고 짐 싸서 오는데 제주에 관한 책 한 권도 가져오지 않았다. 열두 권 넘을 텐데 말이다. 즉흥적! 이라지만 힘들게 왔다. 남편은 나에 관한 이야기를 듣고 제주에서 일 년 혼자 있어 보라며 권했다. 나는 두려워 혼자 있기 싫다며 제주에 가지 않겠다 했다. 좋지 않은 생각을 했다.

술을 마신 상태에서 남편이 잠깐 자리를 비운 사이 나는 자살 방법을 검색했고, 벽에 걸려 있는 옷들을 쓰레기통에 처박았고 남아 있는 수면제를 찾았다. 그러나 수면제로는 죽지도 못하고 위세척으로 고생만 한다는 글과 술 마시고 목 맨 어느 여배우의 죽음에 깊이 공감했다. 수면제를 먹고 잠들 듯 죽으면 좋을 텐데 그럴 수 없었기에 목 매고 연탄재 마시며 죽는구나.

그런 생각을 한 것이 한 20분쯤 되었을까. 공포감이 밀려왔다. 다음날 그 생각하는데 두려웠다. 혼자 있으면서, 술 마시면서 그럴 수 있을 것 같았다. 혼자 있기 두려웠다. 그리고 한 달 정도 시간이 지나면서 마음에 평정을 찾았다. 금오도 비렁길 걸으며 가라앉았나 싶다.

며칠 지나 나는 제주에서 혼자 있고 싶다 했다. 남편은 흔쾌히 오케이 했다. 마침 제주에서 번개가 만들어졌다. 그리고 승용차 공간에 짐을 가득 채워 배 타고 제주에 왔다. 5일 정도 지인의 집에 묵으며 술 마시며 내 이야기도 털어놨다. 건조하다 싶게 말이 나왔다.

울먹이지도 않아 나도 놀랐다. 지난 날엔 무에 그리 서러운지 나도 모르게 울먹거렸다. 대화 중 내 이야기를 할 때면 울먹이다 눈물콧물 찔찔 짜며 말했다. 정리가 되었나 싶었지만, 글을 쓰면 자기 연민에 빠지기 일쑤다. 언제쯤 좋아질지 알 수 없으나 열심히 살고 있다.

그리고 방을 얻었다. 주위 풍경이 좋아 매일 걷는다. 비자림숲을 걸었고 동쪽 해안을 걸었고, 서쪽 해안을 걸었다. 자연은 치유하는 힘을 가졌다. 25년간 복용한 약도 끊어가고 있다. 이 약을 검색해보니 간질약으로 우울증과 자살을 많이 생각하게 해 주의가 필요하다 쓰여 있다.

마당에서 울고 있는 계집아이 꿈을 꾸었다. 옆에 피어 있는 꽃에는 눈길도 주지 못한 채 울고만 있었다. 무의식이 꿈을 만든다는 것을 절감한다.

조만간 남편도 합류할 것이다. 제주 아름다운 곳 찾으려니 내 실력으로 인터넷으로는 한계가 있다. 그냥 아무 데나 걸어도 좋지만 말이다.

친구

문득 만들어진 친구들과의 여행은
즐겁고 유쾌한 여행이 될 수도 있고
괴롭고 지루한 여행이 될 수도 있다.
아직까지 피서 절정의 날에 어딘가로 떠난 적이 없다. 말하자면
이번이 처음으로 떠나는 절정기의 피서 여행이다.
그것도 해운대와 광안리가 있는 부산이라니!
이 팀들과는 3~4년에 한번씩 하는데 갈 때마다 즐겁다.
채석강의 방파제에서 새벽까지
할 말이 없다는 유머로 밤을 새우고
깊은 산방에서는 마시지 못하는 술을 마시고
취한 친구로 인해 많이 웃었던 기억이 있다.
다른 한 친구는
여행 갈 때마다 파트너가 바뀌어
사진을 찍어 앨범을 만들어
나이든 어느 날 선물하기로 한다.
부유하지 않고 풍족하지 않지만
사람들로 인해 행복하고 즐거운 여행이다.
이런 여행 동반자가 있다는 것은 인생을 잘살고 있다는 것이다.
#좋은사람 #여행하고 #행복 #기쁨이 있다는 것은 성공한 삶이다.
그대의 매력을 발산시킬 수 있는 인생의 동반자가 필요하다.

06091630/ acrylic on canvas/ 53×53㎝

혼자 하는 여행도 좋다

보랏빛 라벤더 향기에 끌린 즉흥적 여행이다. 3시간 넘게 달려 도착하니 12시가 넘었다. 그리 넓지 않지만, 한국에서 볼 수 없었던 보랏빛 풍경이다. 혼자 왔으니 셀카봉으로 찍고 예쁜 얼굴로 찍어달라 부탁하니 모든 천사님, 오케이다. 주로 렌즈 달린 카메라로 사진 찍는 분들에게 부탁했다. 호밀밭이 있고 양귀비와 개망초꽃들이 흐드러지게도 피어 있다.

혼자 사진 찍는 것도 시들해질 무렵 커다란 망원렌즈 장착된 카메라 들고 그늘에 앉아 계신 남자가 보인다. 땅에는 가방 위로 분홍의 예쁜 꽃 한 묶음이 눈에 띄어 호기심 참지 못해 물었다.

"이 꽃 생화예요?"

"아뇨. 생화를 이리 갖고 다니겠어요. 조화예요."

"사진 찍을 때 필요한가 보죠?"

"라벤더의 보라만 찍으면 예쁘지도 않고 밋밋해요."

"이리 와보세요."

카메라 속 보랏빛 라벤더 뒤쪽으로 분홍의 색들이 받쳐줘 선명하고 더 예쁘다. 또 그분은 앉아서 자주 셔터를 누른다. 라벤더밭 뒤로 원색의 옷을 입은 사람들이 배경이 되어줄 때 셔터를 누른다. 배워 흉내내보지만 내 카메라는 스마트폰이다. 어찌 따라갈 것인가? 오늘 카메라를 갖고 싶다는 생각을 한다.

한참을 찍고는 나오니 그분도 나가신다. 큰 소리로 "감사합니다, 많이 배웠습니다" 하니 명함을 주면서 전화하라고 하신다. 내 모습도 담겨 있으니 보내주겠다고 하면서. 사실 궁금해 성함을 여쭸는데 말씀을 안 하셨다. 혼자 여행하면 새로운 사람을 만날 수 있어 좋다.

다시 혼자 사진을 몇 장 더 찍고 상품 파는 상점에 들어가니 허브로 만든 여러 상품이 있다. 사서 선물로 주고 싶은 맘 간절하지만, 지금은 패스다. 왜? 당근 주머니가 비어서지! 라벤더농장을 만든 대표님이 마침 있어 예쁜 곳 만들어주어 고맙다고 인사하니 고맙다고 해주니 고맙다고 한다. 12년째라 한다. 라벤더꽃에서 추출해 향료와 여러 가지 상품을 만든다고 한다. 그러니까 이곳도 상품을 만들기 위해 조성한 것이다. 어찌 됐든 사람들에게 즐거움을 주니 그걸로 되지 않았나 싶다.

2시 30분, 어디로 갈까? 강원도에 와서 바다를 안 보고 가는 것은 예의가 아니다. 가까운 화진포로 향한다. 차를 주차하고 일단 김일성 별장으로 간다. 꼬마 김정일과 동생 김경희가 찍었다는 계단에 사진이 함께 있다. 바다가 보이고 소나무숲인 이곳을 별장으로 갖고 있었다니 좋긴 좋다. 옥상 전망대까지 올라 바다를 보고 내려와 바닷물에 가까이 간다. 이 성격에 바다를 보고 그냥 갈 수는 없다. 신발 벗어던지고 발을 바닷물에 담근다. 밀려오는 파도에 발도 적시고 바지도 적셨다. 맘 같으면 그냥 뛰어들고 싶다. 어휴. 수영복 갖고 올걸!

5시가 넘어간다. 작업실에 가려면 출발해야 한다. 주차장에 자전거가 보인다. 빌리는데 얼마냐고 물으니 무료란다. 소싯적에 탔던 자전거를 타고 바닷가 길을 달리면 기분이 좋을 것 같다. 이름과 전번 주소를 쓰다 말고 이건 아니다 싶어 시간이 없어 못 타겠다고 하니 아저씨 담에 와서 많이 타란다. 시동을 걸고 주차장을 나가니 바다 쪽으로 해당화가 피어 있다. "해당화 피고 지는 섬마을에서~" 노랫가락이 생각나 차를 세우고 사진 한 장 찍었다.

혼자이기에 할 수 있었고, 가능했던 사람들과의 만남이 좋다.

사랑에 관한

독일 여인, 그녀가 담근 포기김치다.

며칠 전 김 작가의 초대로 저녁을 함께 먹었다.

그리고 오늘,

베를린 시내에 있는 갤러리의 전시를 보기 위해 다녔는데 두 곳이 문을 닫아 못 보니 그 둘의 얼굴에 미안함이 가득하다. 그런 그들에게 나는 저녁식사에 초대했고, 그들은 집으로 가서 이 김치를 가져온 것이다. 새벽 3시까지 담은 김치는 너무나 훌륭하다. 언젠가 마늘이 너무 먹고 싶어 기름에 볶아먹고 그녀를 만났는데 마늘 냄새로 구박을 많이 받았다는 김 작가.

그랬던 그녀가 배추 2통에 마늘 10통을 까고 배와 갖은 채소에 밥을 섞어 갈아 포기김치를 담은 것이다. 그녀의 정성을 생각하니 아까워 못 먹겠다. 맛도 충분히 깊은 맛이 난다.

그녀에게 취미가 뭐냐고 물으니 김 작가와 같이 있으면 좋고 자전거 타며 같이 다니는 것이 좋단다. 서른 나이에 박사까지 한 독일 처녀의 사랑이 눈에 보인다. 그녀의 눈과 손은 수시로 그의 몸에 가 있다. 스킨십을 하는 그녀의 모습이 예쁘게만 보이고 그것을 못하여 자주 룸메이트에게 구박만 받는 나는 부러울 뿐이다.

사랑이란 그런 것이다.

사랑하는 사람에게 맞춰가며 기쁘게 해주려 하고 행복하게 해주려

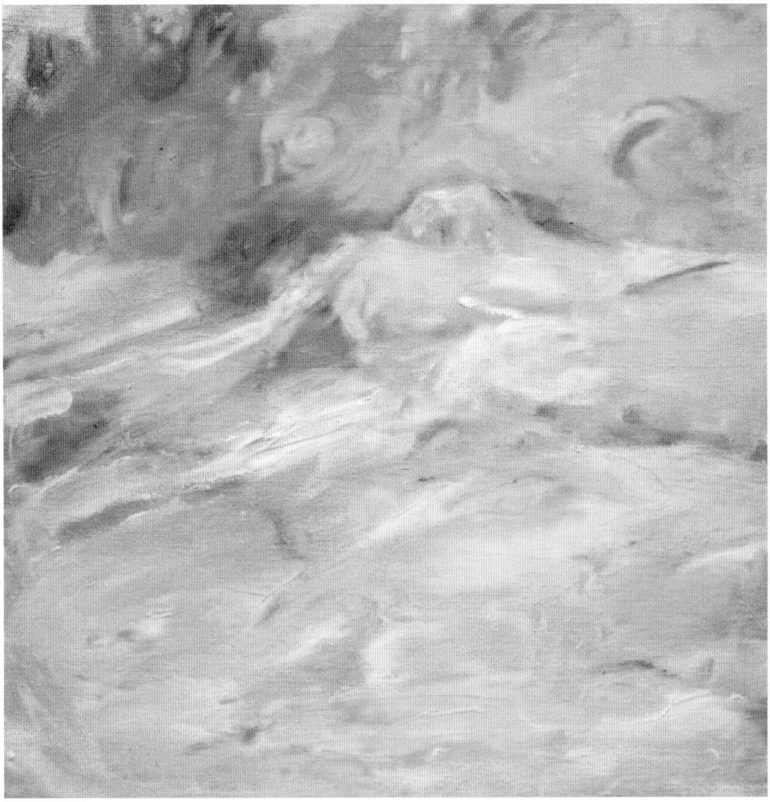

깊은 휴식/ acrylic on canvas/ 30×30㎝

하는 것.

그것이 같이 가는 사랑이다.

즉흥적인 것도 좋다

즉흥적으로 결정한 템플스테이가 내게 작은 쉼을 준다.

절에 도착하니 빗방울이 떨어지기 시작하고

백팔배를 하고 나오니 비가 말짱하게 개어 있다.

시디에서 흘러나오는 한마디를 들으며 한 배 한 배 절을 올린다. 절을 하면서 생각하는 것들,

나는 지금 어떻게 살고 있는가.

오직 나만을 위해 살고 있는지

아니면

나에게 집중하면서 주위를 돌아보며 살고 있는지를 사유하게 한다. 백팔배를 끝내고 저녁 공양을 끝내고 스님과 대화를 했다. 성격이 활달하고 밝은 비구니 스님이다. 그런데 그 스님 내세에 대해 설파한다. 이야기가 곁으로 간다. 불교를 종교가 아닌 학문으로 좋아하기에 내세를 생각하지 않는다. 단지 나 또한 부처가 되기 위한 수행과 참선의 필요성을 알기에 그리 살려고 노력할 뿐이다. 내 얘기들을 듣고는 대화의 뒷마무리가 싱거워졌다. 약간의 실망이랄까. 잘 주무시라는 인사를 하고 커다란 방에 깔려 있는 옥으로 만든 매트에 누우니 등이 시원하다. 밤의 고요 속에 밤벌레들의 소리가 구슬프다.

잠이 들고 새벽 4시에 맞춰 놓은 알람이 울린다. 종소리가 울린다. 소리의 긴 여운이 끝나갈 즈음 또 울리고 절 마당을 돌면서 두드리는 목탁 소리가 새벽 공기 속으로 맑게 퍼져나간다. 새벽을 깨우는 도량

오름 풍경/ acrylic on paper/ 27×20㎝

석의 시간, 앉아서 명상의 시간을 갖는다. 욕망과 집착, 그리고 사는 방식이 머릿속을 떠다닌다. 생각을 내려놓는다.

고흐의 오베르 쉬즈

하루를 시작하기 위해 늦은 아침을 먹고 있는데 B에서 전화가 왔다. S가 일이 다 끝나서 시간이 된다며 고흐가 죽기 전에 살았던 오베르라는 도시에 가자고 한다. 나는 너무나 좋았지만, 신세를 지는 것 같아 "괜찮겠냐"며 몇 번인가 물은 후에 가기로 하고 전화를 끊는다. 점심을 집에서 먹기로 해서 급히 씻고 준비를 하고 있으려니 전화가 와서 K가 발도어 역까지 마중을 나간다.

점심을 다 준비할 때쯤 세 사람이 나타나 맛있게 점심을 먹고 S의 차로 오베르를 향해 떠난다. 파리에서 40㎞ 정도 된다. 교통편이 편하지 않아 우리끼리는 가지 못했을 장소라 기분이 들떠 있다. 도착하니 우리나라의 읍과 같은 작은 도시다. 차를 주차하고 주위를 둘러보니 낡은 건물에 'Hotel OOO'라고 쓰여 있다.

"저 건물은 낡았는데 아직도 호텔 영업하나요?"

"와, 한국 사람들 때문에 미친다니까."

"왜요?"

"저건 호텔이 아니라 시청이에요."

"네?"

황당! 분명 Hotel이라고 쓰여 있는데…. 혼자 고민하고 있는데 S가 고흐가 살았던 집이라며 가리키는 곳을 보니 작은 레스토랑이다. 겨울엔 영업하지 않고 여름에만 문을 열기 때문에 들어가 볼 수 없어 아쉽다. 레스토랑의 지붕으로 작은 창이 하나 나 있는데 바로 그곳에서 고흐가 살았다고 한다. 작은 방에 저 작은 창 하나, 그의 경제적으로 어려웠던 삶이 깊이 와닿는다. 레스토랑을 지나 옆 골목으로 들어서니 고흐의 여인이 걸어가는 풍경의 그림 배경이다. B와 나는 재현을 해보며 사진을 찍고 즐거워한다.

시가지를 지나 언덕을 올라가니 고흐가 묻혀 있는 공동묘지가 있다. 고흐가 죽었을 때 이곳 사람들은 이곳에 고흐가 묻히는 것을 반대했다고 한다. 정신적으로 좋지 않았고 권총 자살을 했으니 충분히 이해되는 일이다. 묘지를 보니 옆에 동생 테오가 같이 있다. 테오의 아내가 같이 묻어주었다고 한다. 무언가 슬프기도 하고, 안쓰럽기도 해 마음이 짠하다. 지금은 너무나 큰돈에 거래되는 그의 그림들이 그 당시엔 팔리지 않아 항상 동생 테오에게 생활비를 타서 썼던 고흐, 언젠가는 자신의 그림이 비싸질 것이라고 장담했던 그 말대로 자신의 작품이 거금에 거래되는 현상을 보면 어떤 마음일까? 라는 쓸데없는 생각도 잠깐 해본다. 묘지를 나오니 들판이 있고 멀리 나무숲이 보인다. 이곳이 〈까마귀가 나는 들판〉의 배경이다. 고흐가 그림을 그렸을 듯한 각도의 자리에 그의 그림이 그려져 있다. 정말 딱 그 자리다. 그곳에서 잠깐 고흐 생각을 하며 구도도 잡아보고 그렸을 만한 장소에 앉아도 본다. 들길을 따라 다시 마을로 내려가는 길에 교회가 보인다. 고흐의 그림, 정말 아무런 변함이 없는 그대로다. 더 생긴 것도 없고 없어진 곳도 없는, 어쩜 이렇게 그대로 있을까? 한국 같으면 무언가 많이 변했을 테지….

차를 타고 다시 시가지로 들어와 고흐가 살았고, 그림을 그렸던 골목의 찻집에 들어가 따뜻한 커피 한 잔씩을 마시고 길을 나선다. S는 파리로 가는 길에 서비스라며 라데팡스 시내를 한 바퀴 드라이브시켜준다. 라데팡스는 영화 〈매트릭스〉에 나오는 현대적이고 예술적인 미테랑 대통령 때의 계획도시다. 우리가 계속 입을 벌리고 감탄을 하는 사이 어느새 라데팡스를 빠져나와 파리를 향해 가던 중 또 어디엔가 다른 곳으로 향한다. 소나무라고 하는 파리의 외곽에 다리 아래 작업실이 몰려있는 지역인데 한국인 작가들도 몇 명 있다고 한다. 마침 그들이 찾아간 작업실이 비어 있어 다른 작업실의 작가와 인사를 나눈다. 대구가 고향이라는 50~60대 작가는 너무나 열심히, 성실히 작업을 한다. 작업실의 분위기가 고스란히 보여준다. 오늘까지 해야 할 양이 있다면서도 차 한 잔하자고 해 근처의 레스토랑에 들어가 커피와 맥주 한 잔씩을 하며 힘든 파리에서의 작가생활에 대해 이야기를 나눈다.

그래도 유럽에서는 작품이 팔리기 때문에 즐거움도 있다고 한다. 저녁을 같이하자는 우리의 권유를 극구 사양하고 작업실에 들어가는 그분을 뒤로 하고 다시 차에 올라탄다. 저녁은 중국 음식으로 하자고 해 우리는 오케이 하고 중국 음식점에 들어서니 사람이 너무 많아 한참을 기다려 자리에 앉는다. 중국과 태국의 퓨전인 음식을 맛있게 먹고 니스 행 티켓을 예약하기 위해 리용 역에 내린다. 그곳에서 B가 불안했는지 동행해준다. 시간이 맞지 않아 망설인 끝에 12월 29일 니스 행과 1월 2일 로마 행 티켓을 예약한다. 참 여러 모로 사람들에게 신세를 진다. 고맙고 미안하다. 그들과 헤어져 지하철을 타고 집으로 간다. 피곤하긴 하지만 그래도 오늘 하루 많은 것을 보고, 즐기고, 그리고 사람을 얻은 느낌이다.

촌스러운 피서

창밖으로 푸른 바다와 뭉게구름 흘러가는 하늘이 보인다. 방 온도는 쾌적하다.

더블사이즈의 침대는 하얀 시트가 타이트하게 쓰여 있다. 탁자 위에는 화이트 와인이 얼음에 재워져 있고 투명한 글라스 옆으론 올리브와 색색의 과일이 담겨 있는 유리 접시가 놓여 있다. 실내엔 부드럽고 리드미컬한 재즈가 흐르고 있다.

·

·

·

하얀 침대에 널브러져 있다가
차가운 샴페인 한잔하고
재즈 리듬에 맞춰 흔들다가
달콤하고 시원한 화이트 와인으로
몸의 열기를 식히면서
쉬었으면 좋겠다고

아침에 말했다.
어제 더위를 먹었다며
쓸데없는 말 한다고 타박만 들었다.

과연 그 시간은 어떤 시간이었을까? 잠시 편안하고 쾌적한 시간이었음에는 틀림이 없으리라. 누구와 같이 있느냐에 따라 다르겠지만 잠시 좋은 시간이 지나면 무료해져 뭔가 재미있는 일을 찾아나섰으리라.

비록 작은 계곡이지만 좋다. 야전 침대를 맞추고 먹을 것을 치워야 하는 고생은 있지만, 물속에 발을 담그면 금세 서늘해지고 책을 보고 생각할 수 있는 보배로운 시간이다. 나뭇잎 사이로 흐르는 햇살과 명랑하게 지절대는 새소리가 정겹다. 책을 보다 힘들면 가만히 발을 내린다. 차가운 물이 부드럽게 발을 감싸고 마사지를 시작한다. 마사지를 받으면서 눈을 들어 주위를 돌아보면 작은 풀잎과 초록 이끼가 손짓한다. 촌스러운 피서지만 작고 단순함을 지향하는 삶에서 이보다 더 좋을 수는 없다.

헨리 데이비드 소로는 말했다.

"내 속에는 거의 모든 사람이 그러하듯 더 고상한 정신적인 삶을 살고 싶은 충동과 함께 원시적인 야만의 생활을 하고 싶은 충동이 있어서 나는 그 둘을 모두 존중한다."

낚시

이 말을 남자가 한 말이라 생각하면 말은 옛 말이다. 어쩌다 낚시 체험을 하면서 사람들을 보니 놀라웠다. 젊은 커플이 낚시 데이트를 하고 부부가 함께 낚시하는 사람들이 의외로 많아 놀랐다. 세상이 바뀌었구나. 그 중 한 커플은 30대 부부인데 초보의 미끼가 돌에 걸려 절절매는 걸 보더니 도와주겠다며 낚싯대를 들더니 순식간에 빼는 것이 아닌가! 남편은 회사원이고 아내는 타투를 하면서 사는 부부인데 자긍심이 대단하다. 옆에 있는데 물고기가 물고 있는 낚싯줄을 수시로 올린다. 잡아들이는 물고기들이 박스에 차곡차곡 쌓인다. 그들은 주말이면 무조건 낚시를 하고 새벽까지 하고 몇 시간 자는 방값이 아까워 차에서 잔단다. 이 친구들 때문에 즉석에서 갑오징어회를 먹는 즐거움도 했다.

낮 시간 주위를 산책하는데 교복 차림의 학생이 영상을 찍고 있다. 지나가는데 유튜브 한다며 주꾸미 낚시를 왔단다. 스물여덟 살인데 교복은 컨셉이란다. 낚시의 여성 유튜버도 있구나.

배낚시를 하는데 반 이상이 여성이다. 중년의 부부 팀과 혼자 고기를 잡아올리는 여성 두 분의 손길이 바쁘다. 배낚시는 놀이동산에 가서 노는 것과 같다. 포인트에 배를 세워주면 연달아 올라오는 고기 잡느라 오로지 낚시 초릿대만 보고 있다. 낚시를 진정으로 좋아하는 사람은 배낚시를 좋아하지 않는다 한다. 워킹 낚시를 해야만 내가 포인트를 찾아 물고기를 잡아올리며 쾌감을 느낀다고 한다. 나도 그렇다. 배낚시는 어쩌다 한번 재미로 하는 거지 계속하다가는 골병들겠다. 그래도 큰 고기 낚는 즐거움에 배를 타고 멀리 나가는 사람들도 있으니 뭐가 좋다, 라고 단정내릴 수 없다. 새벽에 나가 잡은 주꾸미 넣은 라면은 맛이 좋았다. 그리고 쉬는 시간 앉아 바다를 바라보며 멍때리는 순간도 역시 좋았다.

블랙커피

카페에서 아메리카노 한 잔 마시고 새벽 5시에 잠든다. 나에게 커피는 그야말로 사치스럽구나. 불면으로 인해 정오가 되기 전 블랙커피는 삶의 커다란 즐거움이다. 겨울은 물론 여름에도 따뜻한 커피를 애호한다. 김이 솔솔 나는 커피를 입으로 불며 마셔야 맛이 나기 때문이다. 추운 겨울에 아이스 아메리카노를 마셔야 제맛이 난다고 한다. 모두 자신의 취향과 체질에 맞게 음식을 섭취해야 병이 나지 않는다. 그러나 커피만큼은 체질과 상관없이 마신다. 몇 년 전 8체질을 하는 한의원에서 체질검사를 한 적이 있다. 8체질에 토양인으로 몸에 열이 많은 체질이라 차가운 음식을 섭취하는 것이 좋으며 얼음물을 먹는 것도 좋겠다 했다. 그러나 나는 차가운 것이 몸에 들어오면 몸에 부담스럽다. 차가운 물도 갈증이 심해 못 견디게 더울 때 마신다. 특히 아이스 아메리카노를 마시면 커피 마시는 순간이 짧아 늘 아쉽다. 커피를 마시다 만 것 같은 느낌이 싫어 따뜻한 커피를 마신다. 뜨거운 상태로 텀블러에 담으면 수증기가 눈에 가도록 맞추며 입술을 모아 후후 분다. 따뜻한 수증기가 눈에 닿을 때 눈이 편안해진다. 3초 정도 불고서 한 입 머금는다. 쌉싸름하고 약간의 산미가 혀를 깨운다. 이 맛도 좋지만 고소한 맛도 좋다. 숙취로 힘든 날이나 컨디션이 좋지 않을 때는 풍미 가득한 고소한 맛을 즐긴다. 커피는 입안을 적시며 목을 타고 넘어간다. 아직 따뜻한 커피의 수증기에 눈을 적신다. 서너 번을 마시고 테이블에 놓는다. 그리고 천천히 한 모금씩 마시는 것, 이것이 내가 커피를 마시는 방식이다. 아이스 아메리카노는 뜸들일 사이도 맛을 음미할 시간도 없다. 얼음에 의해 부서진 향을 들이켠다. 빨대를 통해 마시는 방법도 내겐 익숙하지 않다. 그저 뜨거운 여름날 마시는 음료와 다를 바 없다. 커피 맛을 느낄 시간도 없이 빨리 없어진다. 그마저도 내 몸에서 허락하지 않는 모양이다. 숙면을 생각하고 건강을 생각할 나이다.

유비

10년 전이다. 그 당시 친구에게서 선물받은 풍산개를 키우고 있었다. 날렵하고 기품이 있으며 잘생겨 '유비'라는 이름을 지어줬다. 아직 어렸지만 깨끗한 아이보리 털을 가진 유비는 순하면서 자신을 사랑하는 이를 잘 알고 따랐다. 유비와 함께한 지 6개월 되었을 때 유럽 여행을 하면서 옆집에 맡기고 갔다. 그 집엔 5~6년 된 사나운 진돗개가 있었지만 매어놓고 키우기도 했으려니와 주인도 믿을 만해 아무 걱정 없이 맡기고 비행기를 탔다.

독일 뒤셀도르프 지인의 집을 거점으로 한 달간 배낭여행을 했다. 독일을 시작으로 이탈리아와 프랑스 그리고 오스트리아를 거쳐 다시 독일의 뮌헨을 보고 뒤셀도르프 지인의 집에서 돌아갈 준비를 하고 있던 어느 날 밤이다. 옆집 주인에게서 전화가 왔다. 그 집 진돗개와 싸우고 피투성이가 되었는데 유비가 보이질 않는단다. 집에 가기 사흘 전이었을까? 전화를 받고서 어찌 그 삼 일을 보냈는지 기억이 나질 않는다. 뒤셀도르프에서 기차로 프랑크푸르트까지, 거기서 한국 집에까지, 거의 20시간 가까이 걸려 집에 도착하자마자 한 것은 유비를 찾는 일이었다.

짐도 풀지 않은 채 걸어서 동네 이곳저곳을 다니고 다시 차를 타고 동네를 넓게 다니며 찾아다녔지만 보일 리가 없었다. 동물들은 영역

싸움을 하는데 거기서 지면 떠난다고 한다. 옆집 진돗개와 싸우고 자신의 영역이 아니라며 어디론가 사라졌을 것이다. 그때의 아픈 마음 때문에 살아 있는 것들은 될 수 있으면 키우지 않는다. 역마살이 있는지 항상 어디론가 떠나기를 원하는 내게 살아 있는 생물을 키우는 것은 벌 받을 일이다.

낯섦

드디어 영국 히드로 공항에 도착했다. 8년 만인가….

오늘 보니 기억만큼 그리 크지는 않다. 그때 혼자 런던 거리를 걸어 다녔다. 길을 잃어 뜬금없이 예쁜 골목을 만났고 걷다가 약속 시간에 늦어 빨강 이층 버스에 재빨리 올라타 마음 졸이던 생각도 새삼스럽다. 그리고 돌아가는 날 빠듯한 출국 시간에 맞추어 히드로 공항에 도착했다. 시내에서 버스를 타고 다시 출국장까지 가는 버스를 갈아타야 했다. 중간 정류장에서 버스를 기다리며 초조한 마음에 몇 번이고 출국장 가는 버스가 오는 정류장이 맞느냐고 옆에 있는 신사에게 물었다. 그는 정말이지 아주 친절하고 낮은 목소리로 몇 번은 얘기해줬다. "걱정하지 마. 조금만 기다려라." 빠듯한 출국 시간 때문인지 기다리는 시간이 수십 년은 지난 것 같다. 결국 버스를 타고 출국장까지 가서 무사히 수속을 마치고 탑승할 수 있었다.

지금 생각하니 그 신사에게 고맙다는 인사도 제대로 못하고 급하게 온 것 같다. 조금만 더 침착하게 여유를 가졌어야 했는데. 옆에서 계속 걱정하지 말라고 얘기해줌에 마음을 안정시킬 수 있었다. 내게 히드로 공항은 불안감과 함께 공항이 크다는 생각이 압도적이었다. 8년 만에 다시 와서 보니 내가 생각한 만큼 크지 않아 마음이 편해졌다. 사람이란 생각에 좌우되는 동물 맞다. 우리에게 처음 가는 장소는 모르는 곳이기 때문에 헤매는 게 맞다. 진료 때문에 갔던 서울대학병원에서도 거의 30분을 이 병동 저 병동 다니면서 헤맨 것 같다. 결국 물어물어 찾았던 기억과 진땀났던 기억이 함께 있다.

어느 장소에 불안하고 공포로만 기억된다면 그 장소를 다시 가볼 일이다. 다시 와보니 불안과 공포의 기억은 말끔히 없어진다. 히드로 공항이 정겨워지고 나 자신이 기특해진다.

세화 바당

늦은 아침을 먹고 오일장에 갔어요.
장은 너무나 넓어 없는 것이 없는 것 같아요.
예쁜 옷들을 구경하고 오천 원 하는 꽃무늬 원피스 하나 샀어요.
무쇠로 만든 도끼와 망치가 빛나고 있고
막 밭에서 온 옥수수는 껍질이 벗긴 채 뜨거운 솥에 있어요.
세 개에 이천 원이라지만 사진 않았어요.
성주 참외는 노란 향을 피우고
잘 익은 자두 한 입 깨무니 새콤달콤한 맛이 입속 가득해요.
배는 그리 고프지 않았지만 장에서 먹거리는 먹어줘야 해요.
고기국수를 시키고서 전통 막걸리도 시켰어요.
낮에 마시는 술은 희한하게 맛이 좋아요.
이제는 점심도 먹었으니 장을 봐야죠.
지금 감자가 맛있을 때니 필히 사야 해요.
빨간 양파 한 바구니도 오천 원어치 담고요.
막 담은 열무김치도 샀어요.
여행지에서 장 보는 재미가 쏠쏠해요.
과일 채소는 일단 차 안에 몰아넣었어요.
그리고 바다에 뛰어들었어요.
바다에 가면 항상 궁금한 것이 있어요.
왜 사람들은 바다에서 긴 옷을 입을까요.

잠수복 같은 옷을 왜 입을까요.
바다에서 비키니 수영복 입고서 물놀이하면 멋질 것 같은데
그런 사람도 있긴 해요.
비키니 입고 물이 들어가 길게 누워 있는 여자요.
잔잔한 파도에 몸을 맡겼어요.
바닷바람이 시원해요.
오늘 이 시간을 온전히 즐기기로 합니다.

Don't Try(애쓰지 마라)

여행 끝자락 집으로 들어가는 길은 편안하면서도 아쉬운 마음도 있다. 가지 않은 길을 궁금해하고 가고 싶지 않았던 길을 다시 본다. 가지 않은 길에 아름다운 풍경이 있고 사람이 있었을지도 모른다. 이미 나와는 끝난 일이다. 내가 선택한 길에서 만난 풍경에 경외감을 갖고 사람들에게서 좋은 향기를 맡았다. 내가 걷고 있는 길을 깊이 충분히 느끼자.

무언가 되려고 애쓰지 말자. 사람들에게 잘 보이려고도 하지 말자. 그들에게 민폐 끼치지 않고 해를 주지 않으며 나에게 집중하는 것이다. 타인을 존중하되 내 의견을 존중하자. 내가 원하는 것에 답하며 사는 것이다. 무거운 짐은 버리자. 가볍게 살자. 힘들게 고민하고 절망하지 말자. 대충대충 살고 순간순간 최선을 다하는 삶이 좋다.

순리대로 물 흐르듯이 사는 삶이 좋다. 나에게 충실한 삶은 유년의 트라우마를 치유하고 정신적인 건강을 선사한다. 때로는 공감이 필요하고 때로는 이기심도 필요하다. 불화한 삶과 화해하고 편하게 흘러가는 삶은 많은 것을 생각하게 하고 사유하게 한다. 불화와 화해의 경계에 서 있지 말자. 빠른 결정으로 평안하고 느긋한 삶을 살 일이다.

그저 즐기자. 일을 저지르고 시작했다면 최선을 다하자. 남은 것은 그냥 흐르는 대로 두자. 너무 잘하려고 애쓰지 말자.

차가운 열정/ Mixed Media/ 91×117㎝

전시 중에도

뜬금없이 여행을 가고 싶을 때가 있다. 여행에 관한 책을 읽을 때라던가 지치고 힘들 때 그런 생각이 나는 것은 여행이 주는 치유의 힘 때문이다. 요즈음 나의 상태는 평정심을 잃었다. 조증과 우울 사이에서 시소를 타고 있다. 매달 여인들에게 오는 마법의 시간 때문일까? 집착하지 말자. 욕심내지 말자. 주문처럼 외우는 말들이 허공을 떠다니고 있다. 사람이건 사물이건 집착하고 욕심낸다고 해서 모두가 다 내 것이 되는 것은 아니다.

갈등하고 욕망하는 숨 쉬는 인간으로서 치열한 삶의 세계에서 존재감을 갖는 것도 만만치는 않은 일이다. 단지 내면의 요구가 올라오는 대로 그 소리에 귀 기울이고 경건한 의식을 치르듯이 깊숙하게 집중해 작업에 임한다.

이 전시가 끝나면 다시 작업에 매진할 것이다. 어떤 전시를 위해서가 아닌 나 자신과 내 작품을 보고 긍정의 기운을 얻을 그 누군가를 위해 작품을 만들어갈 것이다. 그 일은 그 누구도 아닌 나에게 주는 선물이다. 작품을 만들어가면서 나에게 영감을 주고 깊이 몰입하여 더할 나위 없는 만족감과 행복을 주기 때문이다.

햇볕 좋은 날 작업하는 시간을 기다리면서….

이따금 옛날을 기다린다

아침 해가 떠오를 때 방파제에 앉습니다.
그저 바다를 보고 밀려오는 파도 소리를 듣습니다.
깊은 바다의 침묵을 보고
얕은 바다의 노래를 봅니다.
오고 가는 물은 변함없습니다.
희생, 사랑, 배신, 무심에 대해 생각하다가
문득 부족한 사랑을 생각합니다.
부족한 것이 아니고 차갑게 식은 가슴입니다.
당신의 냉정한 어투에 나는 그러려니하며 산다고 합니다.
당신은 울고 있습니다.
병들어서 어쩔 수 없는 세월이었다며 긴 숨을 뱉습니다.
무심히 뱉은 한마디가 가슴에 떨어져 파문을 만듭니다.
기억에 없는 내 이야기 웅웅댑니다.
빠져나온 늪에 다시 빠져듭니다.
깊은 곳 침잠된 것들 흩어집니다.
가슴을 찌르고 머리를 찌릅니다.
상처에서 떨어진 살갗 부유합니다.
떠다니다 틈 사이 파고듭니다.

페이스북 친구에게

안녕하시지요.

문득 당신의 안부가 궁금해집니다.

포도주와 친구는 오래 묵을수록 좋다지요

오랫동안 만나지 않아도 미안해하지 않고, 오랜만에 당신을 만나도 할 이야기가 많아요.

내가 외롭고 힘들 때면 당신은 요란하지 않게 토닥토닥 조용히 위로해주었습니다.

그럴 때면 나도 모르게 힘을 얻곤 하지요.

찡그렸던 얼굴에 미소가 번지면서요.

참 고마웠고 좋았습니다.

나도 당신에게 위로가 되었을까요.

부디 그랬으면 좋겠습니다.

살아오면서 많은 새로운 인연을 만듭니다.

새로운 인연도 세월이 흐르고 많은 이야기를 나누면서 또 오래된 친구가 되겠지요.

새롭다는 것은 낯섦입니다.

어색하고 쑥스럽죠.

낯을 가리는 저로서는 새로운 인연에 선뜻 말을 건네지 못합니다.

아마도 시간이 흐르면 낯섦이 없어지고 편안해지겠지요.

그러나 오늘은 당신이 그리운 날입니다.

당신을 자주 만나지 못하지만 살아가면서 항상 편안하고 행복했으면 좋겠습니다.

그리고 우리가 만났을 때 환하게 웃음 지으며 수다스럽게 이야기를 나누기도 하고

한참 동안을 침묵하고 있어도 불편하지 않은 시간을 갖게 되었으면 좋겠습니다.

그날을 기대합니다.

당신의 안녕을 바랍니다.

안부

잘 지내나요? 잔잔하지만 살아 있음의 가장 뜨거운 표현입니다. 그 사람이 미칠 듯 궁금하다가도 무소식이 희소식이라는 문장을 생각하며 다시 잊고 일상을 살아갑니다. 어쩌다 인사도 남기지 않고 휴식의 시간을 갖고 있습니다. 그 동안 몇 권의 책을 읽었고 몇 편의 영화를 봤군요. 한편으로는 내가 하고자 하는 일과 하고 싶은 일에 몰입하는 시간이 되었습니다. 나라는 존재와 대화하는 시간이 더 많습니다. 분명 행복한 날들입니다. 그러다 문득 당신의 안부가 궁금했어요. 당신도 내가 궁금했나요? 묻고 싶지만 대답하지 않아도 됩니다. 나는 잘 지내고 있으며 그저 어디에서든 당신이 건강하고 행복하기를 바란다는 안부를 보냅니다.

마음

누군가를 기쁘게 해주는 여행

그걸로

또 내가 행복해지는 여행

이런 것들이 쌓여서 삶이 된다.

오늘 어땠어요?

저녁을 먹으면서 나는 당신에게 말을 건넵니다. 그러면 당신은 피곤하지만, 짜증이 섞이지 않은 말투로 얘기합니다. 오늘 어떤 사람을 만났는데 서로 좋아하는 것도, 싫어하는 것도 많이 같아 대화가 잘 통했어요. 그 사람과 얘기하는 그 시간이 참으로 기분이 좋더군요. 집에 오는 길 화원에 예쁜 꽃들이 많아 기웃거렸는데 꽃들을 보면 왜 당신이 생각날까요. 그 순간 참 행복했어요.

당신 오늘 행복했군요. 좋은 친구를 만나 행복하고 또 나를 생각하며 행복했다니 그 행복이 나에게로 전염이 되는군요. 나도 오늘 당신 생각했어요. 혼자 길을 걸으면서 '혼자 있는 시간도 좋지만, 옆에 당신이 있었으면 좋겠다'라는 생각을 했어요. 당신과 은밀하게 손을 꼭 잡고 낯선 거리를 활보하고 싶었어요. 당신은 참 어색해하죠. 그러나 당신도 나도 누군가에게 보여주기 위한 삶이 아닌 우리 자신이 행복하기를 바라지요. 그렇다면 어색하지만 손을 잡고 낯선 거리를 걸어요. 새로운 것에도 도전하며 우리 삶을 생기롭기 만들어가는 것은 어때요. 아! 정적인 당신에게 힘들다고요. 그래요. 충분히 이해가 돼요. 그러나 함께하는 일이 많으면 그만큼 얘기할 수 있는 것들이 풍부해지죠. 함께 만난 사람, 함께 걸었던 곳, 함께 보았던 아름다운 풍경들! 이런 것들을 혼자 보고 얘기하면 듣기만 하는 사람은 지루할 수도 있겠죠. 서로를 바라보는 것이 아닌 같은 곳을 바라본다면. 여행길이 즐겁겠지요.

100년도 못 사는 인생인데 좋은 사람들과 좋은 얘기 나누며 살고 싶다는 생각을 합니다.

영숙 언니

하얀 국화 사이로 선홍빛 입술로 활짝 웃고 있는 언니의 모습이 한동안 생각날 것 같네. 처음 언니의 소식을 접하고 생각나는 장면들….

함께 전시하면서 웃고 떠들던 날들과 열정적으로 인체 크로키를 하고 작업실에서 술 한 잔으로 행복해했던 시간들, 그리고 재료에 대한 실험도 다양하게 했던 언니를 생각하니 '그 시절이 좋았구나' 하는 생각이 드네.

서로의 힘듦을 얘기했던 수많은 그 밤들!

때로는 비판의 날에 각을 세워 상대에게 상처를 주기도 하고 힘든 시기의 내 얘기를 많이도 들어준 사람이었네. 주막집 분위기 나는 술집에서 막걸리 마시면서 새벽녘까지 무슨 얘기들을 그리했는지….

세월이 흐르면서 언니는 같이 있음에도 생기는 외로움을 이야기하고 아이들과의 불화를 풍문으로 듣게 되고 내가 직접 확인도 했지. 그러나 이미 병이 생긴 언니는 지인들에게 날 선 말로 폭력이 되고 외로움을 이기지 못해 약과 술에 의지하면서 살아간다는 것을 알고 있었어. 하지만 이제는 나에게 상처주는 사람은 만나지 않겠다는 명분으로 요 몇 년 연락을 끊고 살았네.

그렇게 불같이 살았으면서 이리 허무하게 세상과 작별하다니!

스스로 삶을 마감한 언니의 충격적인 소식은 나로 하여금 세상살이에 또 다른 생각을 하게 하네. 병을 갖고 있는 사람을 왜 이해하려 들지 않고 내 상처만 생각하고 도와주지 못했는지….

나의 주제넘은 감정이입으로 긴장성 두통이란 병을 15년 넘게 안고 살면서 만들어진 자기합리화일지도 모르겠다. 내가 이리 힘든데 누구를 도와줄 수 있겠어. 일단 내 몸을 정상으로 만들자면서 힘들고 상처주는 이들과 소원해졌고, 이렇게 안쓰러운 마음을 갖게 하는 응답을 받네.

아마도 얼마 동안 언니의 환하게 웃는 모습이 뇌리를 떠나지 않겠지만 곧 잊히겠지.

마지막을 고통스럽게 마감했지만 자유인으로서 열정적으로 살았던 그때처럼 생의 모든 것을 놓아버리고 훨훨 날아 편안하게 잠들기를!

유서

짧지 않은 생을 살았습니다.
사는 동안 맺은 인연들도 많습니다.
혈육으로 맺어진 연
학연으로 맺어진 연
사회에서 맺어진 연

참 많은 인연을 맺었지만, 그저 스쳐가는 이도 있었습니다. 나를 떠난 이도 있었고, 내가 보내드린 이도 있었군요. 지금 생각하면 그렇게 모질지 않아도 될 일이었는데 모질게 연을 끊은 것이 마음에 걸리기도 합니다. 원망도 버리고 미움도 없애고자 노력하다보니 멍하니 사는 시간도 있었습니다. 그래서 “정신 차려! 정신 놓지 마!”를 중얼거릴 때도 있었습니다. 그것도 다행이라 생각이 듭니다. 누군가를 미워하지 않고 생을 마친다는 것이 참 편안합니다.

생각해보면 살아온 삶이 별일 없는 편한 삶이었을 수도 있었겠습니다. 치열하게 생활전선에서 살지도 않았고, 육체적으로 고통스럽게 살지도 않았으니까요. 그러나 들여다보면 신산하지 않은 삶이 얼마나 될까요. 유년기부터의 애정 결핍과 잘못된 선택으로 행복하지 못했던 젊은 시절을 돌이켜본다면 그리 만족한 삶은 아니군요. 그러나 그 속에서 내 아이를 만나고 다시 하고픈 일을 찾아하면서 내 자존감을 갖게 되었고, 아름다운 사람과 나름 편한 삶을 살아왔군요. 나를 보면서 조의를 표하고 아쉬움을 토로할 수도 있겠습니다. 너무 슬퍼하지 마세요. 그리 만족스러운 삶은 아닐지라도 후회는 없습니다. 가까운 사람에게 내가 할 수 있는 최선을 다했고, 가고 싶은 곳은 가능한 가고자 했고 하고 싶은 일은 열심히 했습니다. 당신들을 만나서 행복했습니다.

제5장

나를 들여다보는 시간

트라우마

유년 트라우마

동백 팔아 틀 사주고
큰아버지 농 사주고
예평댁은 그릇 사고

유년 시절 방랑벽이 있던 아버지, 그로 인해 생활전선에 뛰어든 어머니와 떨어져 할아버지와 함께 살았다. 그때 어린 나를 데리고 동네를 돌며 항상 입안에서 맴돌던, 손녀딸 시집갈 때 선물해주라는 친척과 동네 분들에게 하신 강요 내지 협박의 노랫말이다. 어린 나를 끔찍이도 예뻐하시던 할아버지의 사랑이 담긴 이 노래는 지금도 시골 마을에 가면 어른들에게 회자되곤 한다. 그러나 시조를 낭송하듯 흥얼거리는 리듬만이 아련히 생각날 뿐, 가사 앞부분만 기억이 난다. 손녀딸에 대한 할아버지의 사랑은 새 할머니의 미움을 사기에 충분조건이었나보다. 어느 날 이른 아침 할아버지는 일어나 나가시고 새 할머니는 부엌에서 아침밥을 지으셨다. 손녀딸은 잠이 덜 깬 상태에서 이불 속에서 나오지 않고 누워 있었다. 그런데 방문이 열고 들어오신 할머니가 들고 있는 바가지의 물을 손녀딸이 누워 있는 이불 위에 부었다. 이불에 오줌 쌌다는 새 할머니의 고자질에도 불구하고 할아버지의 야단치거나 화를 내셨던 기억은 없다. 단지 잠이 덜 깬 어린 내 다리 사이로 한 바가지의 물을 끼얹고 있는 새 할머니의 모습만이 생각날 뿐. 그 어린 시절의 한 부분이 지금도 기억이 생생한 것은 서러움이었을까? 아니면 억울함 때문일까? 네댓 살 때의 이 기억은 엄마와 함께하지 못하는 서러움이 더 크다. 유년 시절의 이 기억은 나에게 트라우마로 자리잡아 성인이 된 후에도 계속 영향을 미쳐 엄마의 사랑을 갈구하지만 먹고살기 바쁜 그 시절의 그런 상처는 상처로 생각되지도 않는, 생각할 수도 없는 일이다. 성인이 되어서도 혼자 있을 때나 밤에 잠들기 전 그 생각을 하면 서러움이 묻어나와 하염없이 눈물을 쏟아내곤 했다. 그 기억은 망각되지 않은 채 가슴 속에 자리잡은 또 하나의 나로 살아가지만 내 안의 나는 성장하지 않은 어린 시절 그대로이다.

우울

언젠가 페북에서 울고 있는 여자를 봤다.

글에는 여자의 고통과 눈물이 고스란히 보였다.

댓글로 대화를 했다.

집안 일에 더해진 우울감에 죽음을 생각하고 있었다.

나는 단지 생명은 귀하다고 죽지 않으면 어떻게든지 해결된다는 말만 앵무새처럼 반복하고 있었다.

그리고 여자는 보이지 않았다.

내가 기억을 못할 수도 있고 단순하게 이곳을 떠날 수도 있다.

가끔 생각한다.

우울감이 극에 달했을 때 나를 도울 수 있는 이는 누굴까?

스스로 우울하다고 말하면

네가?

왜 우울해?

배가 부르군!

그래서 가까운 사람에게 우울하다고 말하지 못한다.

그리곤 이곳에 나 우울해요, 라고 썼다가 지워버린다.

뜻 모를 말을 남기고 말이다.

우울이 나를 죽일 수도 있겠다.

그게 오래 머무르면 살 수가 없겠다.

모든 것이 부정적이고 나를 비하하고 자기 연민에 걷잡을 수 없이 빠져든다.

차를 운전하다가
산길 커브 길에서 그대로 액셀을 밟으면 되겠다.
강물이 보이면 그냥 그대로 똑바로 가면 '풍덩' 하겠구나.
술과 수면제를 함께 먹으면 죽을까?
온몸과 정신이 우울감에 젖어 모든 것이 하찮아 보인다.
아무것도 이뤄놓은 것 없는,
쓸모없는,
없어져도 되는,
그저 그런 생각이 든다.

이 늪에 몇 번이나 더 빠져야 생을 마감할까.

무기력

무기력함에 빠졌을 때는 그 무엇도 하고 싶지 않다.

무기력의 원인이 침묵의 특히 부부나 연인일 경우 상대방에게 말로서 상처를 받았거나, 무언가 할 말이 있는데 들으려고 하지 않을 때 침묵은 오래 간다. 할 말이 있는데 들어주지 않아 다툼으로 이어진다면, 이런 일이 반복적으로 일어난다면 대화를 포기한 채 체념과 절망 상태로 생을 유지한다.

상대방은 그 사람의 무기력함으로 오는 행동과 말들 속에 있는 감정을 읽어내지 못하고, 무기력함에서 오는 단점만 꼬집어 비판하기 시작한다. 두 사람 사이에 그 상태가 계속될 때는 만날 수 없는 평행선이 된다. 점점 더 늪에 빠져든다. 이럴 때는 무기력에서 벗어나는 방법 외에 다른 방법이 없다. 말이 쉽지. 무기력한 사람이 어떻게 무기력에서 빠져나올 수 있을까.

그럴 때 나는 나에게 선물을 한다. 조금 비싼 음식, 립스틱 등 나를 위해 좋은 것을 고르고 구입한다. 맛있는 밥을 먹고 선물을 사러 다니는 동안 내 몸에 에너지가 충전된다.

도시라면 고궁을 걸을 때도 있고, 관광지가 아닌 한적한 곳을 산책

한다. 무기력을 회복하는 좋은 방법이다.

일단 많이 걷는다. 한 시간에서 두 시간을 걷지만 온종일 걷는 날도 있다. 걸으면서 햇빛을 많이 받으니 우울한 기분이 사라진다. 그리고 나 자신과 대화를 한다. 이름을 불러주면서 '너 잘 살고 있어. 잘하고 있어' 하며 위로해준다.

나를 위해 비싸고 맛있는 식사를 한다. 먹고 싶었지만 비싸서 먹지 못한 음식을 먹는 것이다. 그렇게 하고 나면 기분이 좋아진다. 나를 위해 운동을 하고 나를 위해 옷을 사고 나를 위해 맛있는 밥을 먹는다. 타인을 위해 하는 것이 아닌 나를 위해 멋진 선물을 하자.

말투

내 모든 허물과 약점을 보여줘도 나를 믿어주는 이해관계 얽히지 않은 사람이 있었으면 좋겠다. 그런 사람 옆에 있었으면 하는 바람을 오래 전부터 갖고 살았다.

남동생 하나 있지만 거의 혼자 생각하고 판단하고 살아서인지 사람에게 애살스럽지 않다. 내게 상처를 주는 몇 사람과 소원하게 지내고 보니 적극적으로 사람에게 다가가질 못한다.

평상시 성격대로 페북도 하는 것이리라. 댓글에 대한 답도 단답형으로 끝내버리고 다른 이의 포스팅 댓글도 짧게 한마디하고 나온다. 어떤 날은 그런 것이 맘에 걸려 조금 길게 얘기한다. 그래도 짧은 말이다.

일상 속에서도 이런 성격은 가족들에게 상처가 되어 불평이 많다. 아, 이 어찌할 수 없는 무뚝뚝하고 정 없는 말투에 나도 정나미 떨어질 때가 있다.

사랑도 정도 풍성한 사람이고 싶다. 그래서 누군가 얘기한 그런 허물도 모두 덮어줄 수 있는 친구가 되고 싶고 또 갖고 싶다.

가면Persona

나를 나타내는 키워드 중 하나다. 어렵다. 그만큼 나를 객관적으로 생각해보지 않고 살았다는 것이다. 단지 나는 욕망하며 욕망한 것을 채우기 위해 발버둥치며 살아왔던 것이다. 나는 뭘까? 나를 나타내는 단어는 무엇인가? 욕심이 많고, 욕망덩어리이며 내면 깊숙이 자리잡은 우울을 들키지 않기 위해 가면을 만들어 용감한 척 초월한 척 살아온 삶이 나타난다. 무의식의 자아는 웅크린 채로 깊숙한 곳에 앉아 있다. 또 다른 나의 페르소나를 만들어 세상을 살고 있다. 페르소나에 맞는 일을 하며 욕망을 만들어 채워주며 살았다. 이제는 욕망과 욕심을 내려놓고 싶다. 비우고 살고 싶다. 하는 일에도 욕심 없이 마음을 비우고 그냥 즐기면서 하고 싶다. 저 아래 웅크리고 있는 진정한 자아를 만나 참된 삶을 살아야 하지 않겠는가. 무엇인가를 욕망하면 욕심을 갖게 마련이다. 내가 만든 페르소나에 맞게 더 잘하고 싶은 욕심과 더 멋진 결과물을 기대하고 좋은 평가를 얻고 싶어하는 이 집착을 어찌해야 할까. 언제쯤 이번 삶에 대해 초연해질 수 있을까. 언젠가부터 살림살이와 옷을 사지 않고 버리기를 한다. 그런 것들은 없으면 없는 대로 불편하면 불편한 대로 살아간다. 그러나 작품과 지적인 열망은 버릴 수가 없다. 아니 버려지지 않는다. 욕망의 노예로 살아가는 생이 아닌가. 세상에 변하지 않는 것은 없고 사람도 유한하다. 무한하지 않은 이 생을 페르소나를 위한 욕망만 이루고자 할 것인가. 이것을 버려야 한다.

결핍

결핍이 나를 만든다. 공부에 대한 열망이 크다. 집착일 수도 있겠다. 항상 부족하고 모자란 나를 인지하며 항상 책을 보려 하고 이루고자 한다. 열등감일지 모르겠다. 이것을 극복하고자 부단히 노력하고 배우지만 갈증이 사라지지 않는다. 지인들이 공부하는 양을 보면 동공이 확대된다. 자신의 전문분야가 아님에도 전문가 수준으로 공부한다. '여태껏 내가 한 공부는 비할 바 아니구나'라는 생각이 든다. 인간이란 자신이 모른다는 것을 알지 못한 채 다 알고 있다는 자만심에 빠져 배우기를 멀리한다. 그들의 입에서 나오는 단어와 문장은 매번 반복된다. 지루하고 권태로운 대화가 이어진다. 배움에 목말라하는 사람들은 공부를 하면 할수록 배울 것이 늘어난다. 물론 평생 배우기만 하면서 사는 인생도 좋은 인생은 아니다. 배운 것에 대해 정리하고 자신만의 결과물을 만들어내는 것도 중요하다. 그러나 뭔가를 만들어내는 과정, 예를 들면 글쓰기를 한다고 하면 글 쓰는 과정에서 공부하면서 내가 몰랐던 부분을 알게 된다. 그림을 그리면서도 그저 그림만 그려서는 참된 작품을 만나기는 어렵다. 왜 이것을 넣는가? 무엇을 말하는가? 어떻게 표현하는가? 수시로 질문하면서 답을 찾아가는 과정에 공부를 하게 된다. 글을 쓸 때도 책을 읽어내리다 단어에 꽂혀 글이 써질 때도 있고 그림을 그리다 동양철학을 읽을 때 화면을 채우고자 하는 욕심을 내려놓는다. 죽는 날까지 공부해도 다 하지 못하고 죽을 것이다. 결핍이 나를 만든다.

예민

누군가 툭 던진 이 말이 가슴에 콕 박힌다.

예민해질 대로 예민해져 작은 스침에도 상처가 난다.

한마디의 가벼운 말도 상처가 된다.

농담이라고, 그냥 한 말이라고 하면 화가 난다.

상대가 아파하는 부분을 왜 농담하느냐고,

나를 끼워주지도 않을 거면서 왜 전체에게 말했냐고,

농담한 말이 상처가 되는 부분은 쓰라리고

끼워주지 않은 사람들을 보며 나에게 무안해지고 무색해진다.

그러면 나는 얼른 숨어버리고 내치고 한바탕 굿거리를 한다.

세상 살기 힘들 때다.

상처를 잊었다고 생각했다. 아무 생각 없이 살고 있는 줄 알았는데 아닌가보다.

잠재의식 속에 살아 있어 콕콕 찌르고 후벼 판다.

내가 가시가 되고, 나는 또 가시에 찔리는 생, 언제쯤 굳은살이 박일까.

방랑기질

서너 살 여자아이가 잠자고 있는 아버지 등을 보며 놀아달라 칭얼댄다. 새벽에 일하고 온 아버지는 너무 곤하다. 깊은 잠에 빠진 아버지의 등을 바라보다 여자아이는 일어선다. 문을 열고 신발을 신고 길을 나선다. 청계천에서 창신동 꼭대기까지 걸었나보다. 점심 먹기 전 나가서 해 질 무렵 엄마가 파출소에 온 것 같다. 어렴풋이 생각나는, 중간중간 끊긴 필름이다. 그 후 시골 할아버지 댁과 서울을 1~2년에 한번씩 옮겨다녔다. 이때부터 나의 역마살 또는 방랑벽이 몸에 생성되었지 싶다.

심심하면 길을 나서는 방랑 기질, 이것은 또 아버지의 유전자를 그대로 내게 심어진 것도 있겠고, 환경에 의해 만들어진 습관일 수도 있겠다. 심심하면 한번씩 도지는 벽을 어찌할 수 없다. 나쁘다고 생각하지 않는다. 여행하면서 새로운 것을 접하고 사람들을 만나면서 상당히 큰 치유가 되기 때문이다, 이때의 추억으로 몇 달에서 몇 년을 우려먹으며 삶에 생기를 잃지 않고 산다.

나이가 들면서 친구와 하는 여행을 꿈꾼다. 즉흥적으로 떠나는 여행이라 가까운 가족이거나 나 혼자 떠나는 여행이 많았다, 요즈음 드는 생각은 많이 다르지 않은 친구와 함께하는 여행을 꿈꾼다. 읽은 책에 관해 이야기하고 시를 읽으며 길거리에 퍼질러 앉아 그림을 그릴 수 있는 친구, 나이와 상관없이 소통할 수 있는 친구….

그러나 우리라는 말에서 나를 위한 시간이라는 문장이 많은 지금도 좋다.

여인/ oil on canvas/ 45.5×53㎝

늙어가는 중입니다

도시에서 며칠을 보내고 제주에 와서 노트북을 꺼내니 충전 연결선이 보이지 않는다. 여행 캐리어와 배낭을 뒤집었으나 나오지 않는다. 순간 나에 대한 절망이 다가온다. 딱 한번 카페에서 노트북을 꺼냈다. 그 후론 꺼내지도 않았는데 어디로 갔을까. 생각을 해봐도 나오지도 않고 생각나지도 않는다. 끊임없이 찾는 일이 반복된다. 휴대전화를 찾고 마스크를 찾고 펜을 찾고 옷을 찾고 과거를 찾는다. 부담스러운 것들이 부담으로 다가오는 시기이다. 갑자기 목이 잠겨 목소리는 저음이 되고 왼쪽 머리 통증은 종일 지속되지만, 오른쪽 귀 위 머리가 욱신거려 불안하게 한다. 온몸의 통증이 아우성친다. 독하게 똬리를 틀고 앉아 거머리처럼 피를 빨고 있다. 날이 물기가 많을 때면 활개를 친다. 머리뿐 아니라 목을 치고 어깨와 손으로 내려와 허리를 치고 무릎과 발까지 점령한다. 무기력이 온몸을 옭아매 옴짝달싹하지 못한다. 피부는 오래된 나무껍질처럼 갈라지고 염증 수치는 높아진다. 햇살 아래에서 소녀처럼 깔깔댄다. 어둠이 몰려오면 노인이 된다. 밤벌레 우는 시간에 일어나도 정신이 맑다. 그대로 일어나 밤을 서성댄다. 파리의 에펠탑 아래 거닐기도 하고 런던 템스 강가를 산책하기도 한다. 봄이 오고 다시 갔다. 여름이 왔으나 더 이상 열정적이지 않다. 다만 고요하다. 반복되는 통증에 묻어둔 두려움이 고개를 내민다. 잃어버린 친밀함이 생각나기 전 별것도 아닌 것들에 위안을 받는다. 연한 찻물이 몸을 부드럽게 한다.

부정

습관이라는 것, 참 무섭다.

부정적이고 타인에 대해 험담만 하는 사람은 나이들어 늙어서도 그러고 산다. 그런 사람은 농담도 부정적으로 한다. 아이를 보고도 하는 말이 "OO는 참 못생겼다. 누구 닮아서 이리 못생겼어?" 하면 농담이라도 옆에 있는 엄마는 기분이 좋지 않을 것이다.

어떤 노인은 팔십이 되어가는데도 여전히 남의 흉을 보거나 며느리에 대해 없는 말까지 지어서 험담하고 다닌다. 반면 어떤 노인의 입에서는 결코 타인에 대해 좋지 않은 말이 나온 적이 없다. 그 두 노인은 부부다. 아마도 젊은 시절부터 보아온 그 아내의 부정적 말질에 질려서 남자 노인은 나쁜 말을 하지 않은 것이 습관이 되었을 것이다.

어떻게 늙어가야 하는가?

답은 뻔하다. 나쁜 말 하지 않는, 긍정적 기운을 주는 사람으로 늙어가고 싶다는 것이다. 멋진 노인이 되기 위해서는 젊어서부터 좋은 말과 행동이 습관이 되어야 한다. 젊어서 부정적인 사람이 나이들어서 갑자기 긍정적으로 변하기는 어렵다. 자! 지금부터라도 변하자. 더 늦기 전에 좋은 말을 자주하고 습관화하자. 행동도 멋지고 아름답게 하자. 그대로 늙어가는 것이다.

죽음에 대하여

같은 또래인 지인의 부고가 날아왔다

화가의 아내로 남편의 작품활동을 위해 정말 열심히도 살았다. 직장에서의 스트레스가 심했는지 영업을 위한 스마트폰의 전자파 때문인지 모르겠다. 갑자기 머리가 아파서 병원에 가고 몇 시간 되지 않아 뇌사상태에 빠졌다고 한다. 의논 끝에 장기를 네 사람에게 주고 떠났다.

참 허망하다

근래 젊은 사람들의 죽음을 접했다. 병으로 인해서나 우울로 인해 스스로 세상을 떠났다. 그들의 죽음을 접했을 때는 슬프기만 했다. 허망한 생각도 나지 않았다. 그런데 이 친구의 죽음은 미처 슬픔도 눈물도 나오지 않았다. 그저 황당하고 허망하다는 생각만 든다. 그녀의 갑작스러운 죽음은 많은 것을 생각하게 한다.

내가 과연 잘살고 있는지.

앞으로 어떻게 살아야 하는지.

무엇을 하며 살아야 하는지.

어느 때부터인지 삶을 정리하며 살고 있다

외출할 때는 될 수 있으면 집을 정갈하게 정리된 상태로 외출하고 싶다. 옷이나 살림 등을 버리고 사람도 좋은 사람들만 만나려 한다. 만나면 스트레스지수가 높아지는 사람은 만나지 않으려 한다. 내 주위

깊은 풍경/ acrylic on canvas/ 360×180㎝

의 사람들에게 잘하자. 굳이 멀리서 찾으려 하지 말고 나를 좋아하는 사람 내가 소중하게 생각하는 사람에게 더 신경 쓰고 잘해주자. 내일을 위해 오늘을 희생하는 삶과 오늘을 즐기면서 내일에 희망을 두지 않는 삶에서 균형을 잘 잡자. 죽는다는 것 참 허망하다. 죽음을 향해 하루하루 다가가고 있지만 사는 동안 잘 살았다고 말하며 떠나야지.

몸

그동안 너를 많이도 괴롭혔구나.
참 힘든 세월이었겠다.
살아온 동안
너를 생각하며
너를 위하며
너를 소중하게 다루며
살아온 세월이 없었구나.

세찬 비바람을 맞으며
돌부리에 넘어지고
때로는 친구라고 여겼던 사람에게
큰 돌을 맞아 붉은 피를 흘릴 때도 있었다.

그 모든 것들을 너 스스로 견디려니
많이 힘들었겠다.

그렇게 말없이 버티다가
결국에는 병을 얻었구나.
그 오랜 세월을
면도날로 도려내는 듯한

통증과 함께하고 있으니
너도 참 가련하다.

늦은 줄은 알지만
지금부터라도
너를 생각하며
너와 함께하고자 한다.
그 힘든 세월을 스스로 견뎌냈다니
참 고맙다.
그리고 미안하고 사랑한다.

자존감

자존감이 낮으면 말을 하면서도 자신이 없다. 상대에게 잘못 보일까봐 좋은 말만 하며 선한 행동을 한다. 상대는 그것을 좋게 생각하는 것이 아니라 무시하고 제압하려 든다. 그러다보면 무의식 속에 스트레스가 쌓여 구석 한쪽에 분노가 생긴다. 그 분노는 다혈질의 성격을 만들어 순하면서 욱하는 분노조절장애를 갖게 된다. 기쁜 일을 함께 기뻐하고 슬퍼함이 얼마나 위로가 되는지 알고 있어도 표현을 잘하지 못한다. 미안한 마음이 들 때가 있다. 나이가 들면서 욱하는 성질은 죽지 않고 함께 기뻐하지 않고 슬퍼하지 않는 괴팍한 사람으로 늙어갈까 두렵다.

어딘가 말해놓고 나면 수치심이 들 때 있다. 그가 한 말에 귀 기울이지도 않고 무시할 때는 창피하고 그 말을 다시 입속으로 담아버리고 싶다. 그러나 이미 뱉은 말은 어찌할 수 없다. 그래서인지 선뜻 말을 하지 않는다. 사람은 쓸데없는 말을 하며 살 필요가 있다. 할 말만 하고 살아 몸에 병이 생긴다. 그러나 자존감이 낮으면 그러질 못한다. 자신을 포장해야 하므로 원칙적이고 바른말만 해야 한다.

너무 진지해 탈이다. 꼭 할 말만 하고 농담도 진지하게 받아들여 고민한다. 가볍게 말하고 기쁜 일 있으면 얼른 축하하고 재미있는 일 있으면 얼른 웃고 받아쳐야 하는데 그것이 잘되지 않는다. 자존감은 내

방랑자를 위한 안식/ acrylic on canvas/ 30×30㎝

가 나를 사랑할 때 생긴다. 내가 싫어하는 일은 거절하고 자신에게 관대해지며 상을 주는 것은 의외로 효과가 있다. 나를 위해 맛있는 음식을 먹고 나를 위한 공부를 하고 나를 위해 휴식을 취해준다면 없던 자존감은 무럭무럭 자란다.

생긴 대로 살아야 한다지만 변화하지 않고 그런 삶을 계속 산다면 스트레스로 작용해 병을 만든다. 건강하고 즐거운 생을 위해 열정적이 되어야 한다.

욕심

젊은 시절 여러 가지 운동을 했다.

볼링, 수영, 자일 없는 암벽타기, 에어로빅과 재즈댄스와 심지어 골프까지. 아마 사십대까지는 꾸준히 했던 것 같다. 지금의 나는 어떠한가. 거의 산책도 하지 않는 수준이다. 어쩌다 아주 가끔 걷는 것이 전부고 뒷산에 30분 정도 걷는 정도다. 육체의 근육이 줄고 있다. 정신의 근육을 좀 늘린다고 할까.

책들과 책들 사이를 산책한다. 책 속에서 보들레르, 헤밍웨이 수전 손택, 니체를 만나고 그들이 하는 얘기들에 귀 기울이며 시간을 보낸다, 철학하는 이들이 산책하며 사유에 들어 많은 글을 써낸다고 하지. 이것도 과도한 집착이 아닐까. 글에 대한 욕망. 지적인 것에 대한 집착일지도 모르겠다.

몇 년 전 알게 된 스님이 있다.

그 스님은 텃밭을 가꿔 먹거리를 해결하고 생태 화장실을 사용하면서 자연이 순환하게 하고 해진 옷이나 고무신, 밀짚모자까지도 직접 바느질해서 꿰매 사용한다. 그런데 스님의 작은 집에 많은 책이 쌓여 있다. 서예를 좋아하셔서 쓰지 않은 종이와 이미 글을 써놓은 종이들이 가득 쌓여 있었다. 전시를 하고 판매도 많이 했다. 함께 갔던 지인들과 그것에 대해 논쟁까지 했다. '소박하게 살지만 지적인 욕심이 너무 많다.', '그 정도 공부하고 수행했으면 모든 것을 내려놓아야 되지 않을까.' 참 건방지고 우스운 생각이었다. 선승과 학승에 대한 생각을 하지도 못한 우매한 인간이었다. 지금 스님은 중국이나 동남아시아 시골 마을을 걸어다니며 여행한다고 들었다.

환경

창밖 풍경이 안개로 뿌옇습니다.

며칠 동안인지 미세먼지에 싸여 괴로운 나날을 보냅니다. 더해서 안개가 출몰하니 지금 우리는 어찌 살아야 할지 미래도 안개 속입니다. 봄이면 날아오는 중국발 황사로 인해 괴롭던 때가 언제일까요? 지금은 어느 계절에건 미세먼지로 괴롭습니다. 전국이 몸살을 앓는 가운데 유일하게 청정지역으로 나타나는 남쪽 어느 곳으로 떠나고 싶은 마음 간절합니다. 봄이 오면 어딘가에서 한 달 살고 오려는 곳에 지금 떠나고 싶군요. 지구의 오염도가 심각합니다. 공기청정기를 구입하고자 알아보니 기백만 원대군요. 열악한 환경에서도 살아남는 사람들의 빈부 격차는 있습니다. 그 옛날 가난한 자들의 시체를 해부하면서 의학이 발전하듯이 현재는 미세먼지 그대로 흡입하는 가난한 자들의 상태를 관찰하고 연구하면서 미세먼지가 인간의 몸에 얼마나 해로운가에 대한 결과를 내놓을까요. 거창하게 지구와 인류를 위한 일이 아니어도 좋습니다. 단지 우리가 마음껏 숨을 쉬며 살 수 있는 땅이면 좋겠습니다. 부디 환경문제에 적극적으로 대처해 모든 사람이 평등하게 맑은 공기를 마시는 세상이 되었으면 합니다. 나라가 발전하고 부자로 사는 것도 좋으나 우선순위의 첫째로는 환경이 아닐까요. 좋지 않은 환경임에도 건강하시길 바랍니다.

화해

긍정적 마인드

스트레스

문제를 해결하거나 무시!

과거의 상처를 꺼내어 얘기하고 다독이고 용서한다.

자신을 그대로 받아들이고 사랑하라.

자신이 받았던 과거의 상처를 직시하기란 어렵다. 하지만 상처를 똑바로 보고 상처를 준 이와 마주 보고 대화하며 화해하고 용서할 수 있어야 한다. 그러고 나서 자신을 사랑하고 쓰다듬어준 때 상처가 치유된다.

자신을 인정하기. 자존감 갖기.

취미

취미를 한두 개는 가지고 있는 것이 좋다. 젊어서부터 시작하면 좋겠지만 중년 이후에 시작하는 것도 나쁘지 않다. 취미로 시작한 일을 즐기다가 노후에 직업으로 만들 수 있기 때문이다. 그림 그리기나 글쓰기 또는 사진 찍기가 그렇다. 그림 그리기가 취미였던 사람이 꾸준히 하다 전시를 하게 되고 화가가 되는 사람이 많다. 거창하게 미술을 통해 세상을 바꾸진 못한다고 할지라도 자신의 삶은 바꿀 수 있다. 글쓰기 또한 일기처럼 매일 쓴다면 자신의 경험과 어우러져 문장력이 일취월장해 어떤 분야든 전문적인 글을 쓸 수 있다. 사진 또한 마찬가지다. 취미로 사진을 찍다가 퇴임 후 사진작가로 활동하는 이들을 많이 봤다. 이런 일들은 꾸준히 끝까지 하는 것에 수반되는 일이다. 무엇이든 끝까지 견디고 버티면 열매가 맺힌다. 100세시대에 퇴임 후의 삶은 또 다른 인생이다. 겸재 정선은 70세가 넘어 힘 있고 멋진 작품을 만들었으며 소크라테스는 아흔 넘어 죽는 날까지 글을 썼다고 한다.

나는 늙으면서 꿈을 이루어간다. 글을 쓰고 그림을 그리고 책을 내고 전시를 한다. 육십은 새로운 삶을 시작하는 터닝포인트다.

나눔

내가 갖고 있는 것들을 나누며 살자. 물질이 아닌 내게 있는 사랑, 감성, 마음을 사람들에게 나누며 살자. 내게 있는 그것들은 준다고 해서 줄어들거나 없어지지 않는다. 오히려 나눔으로 해서 내 마음이 더 풍성해질 것이다. 왜 그런 생각을 못하며 살아왔던 것일까. 내가 받지 못한 것에만 갈증을 느끼며 행복하지 않다고 생각하며 살아온 나날들이다. 내 안에 있는 딱딱하게 굳어 단단해져버린 사랑과 감사라는 좋은 것들을 꺼내서 나눠주자. 나에게 해주지 못하는 것에 불만을 갖지 말고 내 안에 있는 것들을 펴서 나눠주자. 죽어서 갖고 가지도 못할 것 가슴 속 깊이 처박아놓고 참 인색하게 살았다.

봉사

"봉사활동 다녀왔는데 다시는 그 모임 나가지 않을 거야."

"왜?"

"사람들이 자기 자랑이나 만족을 위해서 나오지, 진심으로 봉사정신을 가지고 나오는 사람이 없어."

"그렇게라도 하니 도움받는 사람이 있잖아."

몇 년 전 지인과 한 대화다.

사람 중 투철한 봉사정신에 의해서만 어려운 사람을 돕는 이가 몇이나 될까? 봉사를 하는 어떤 사람이든지 남을 돕는 일을 하면서 자기 만족감과 행복을 느끼지 않는 사람은 없을 것이다. 사람이라면 자기가 만족하고 행복해야지 어떤 일이든 하게 된다. 특히나 남을 돕는 일은 더더욱 그렇다. 많은 봉사자의 한결같은 말이 어려운 사람들을 도와주면서 자신이 더 행복하고 치유되는 느낌을 받는다고 얘기한다.

나 또한 가끔이라도 봉사활동에 참여하고자 하는 것은 내가 기분 좋고 행복하기 때문이며 추운 겨울 아침 잠깐 나가기 싫어 게으름을 피우기도 하지만 나가서 함께하다보면 내 정신 건강이 한결 좋아짐을 느낀다. 또한 내가 경제적으로 넉넉하지 않더라도 이국의 아이들에게 보내주는 적은 금액으로 나 자신에게 많은 만족감을 주고 뿌듯한 마음을 갖게 해주기 때문이다.

봄볕/ acrylic on canvas/ 53×45.5㎝

물론 숭고한 이타적 정신으로 온전히 봉사하는 아름다운 사람들이 있다. 그러나 이기적 마음으로 나의 행복을 위해 한다고 할지언정 그런 사람들이 있기에 도움을 받고 행복한 사람들도 있다. 비록 나를 위한 이기적 마음이라도 나는 기회가 되는 대로 이런 활동을 계속하고 싶다.

밤

뜨거운 계절 스웨터를 걸친다. 곧 붉은 뺨 성글게 흐르는 물방울에 몸뚱어리 달궈진다. 걸친 옷들 하나씩 벗겨낸다. 휴식은 그물망 속으로 빠져나가고 직조된 하루를 촘촘히 만든다. 장미의 계절이 가고 낮과 밤이 같은 계절이 왔다. 접시꽃이 환하고 유월의 청정한 신록 눈부시다. 한 움큼의 햇살 눈에 담지도 못한 채 남루함으로 침잠된다. 낭만이라든가 사랑이라든가 하는 단어들은 사장된다. 짓무른 마음에 짠물 붓는다. 쓰린 상처에 위로를 담은 말을 내뱉고 별을 보며 노래한다. 차가운 눈이 왔으면 좋겠다고 생각하다가 문득 사방이 창인 걸 알고 춤추고 싶다. 무릎에 박힌 쇠는 춤추는 것을 방해하지 못한다. 흉터에 새긴 비문 읽으며 어제로 날아간다. 붉게 뜨거워지는 밤 나는 어느새 이만큼 물들었을까.

다름

사람마다 다르다.

생각도 다르고 마음도 다르고 화법도 다르다. 일억 명의 사람이 있다면 일억 개의 세상이 있는 것이나 진배없다. 각자의 개성과 관념으로 똘똘 뭉쳐 변화하는 걸 싫어하고 아집만이 있을 뿐이다. 나를 버린다는 것은 온전한 나를 버림이 아니라 좋지 않은 습習과 염念을 버리는 것이 아닐까. 모든 것을 초월한 인간이 몇이나 될 것인가. 인간이 무아의 경지에 다다름이 어디 쉬운가? 그곳에 이르기까지 얼마나 많은 사람을 만나고 또 얼마나 많은 일이 생길까. 그렇게 세상과 부대끼며 살아가면서 이야기가 만들어진다. 그러면서 깨우쳐간다. 세상의 쾌락이 얼마나 허망한 것인지를! 사람에 대한 애정이 과도한 집착이었음을!

긍정

생각해보면 우리가 살아가면서 기뻐할 일이 참으로 많다. 시골 작업실에서 글을 쓰며 붓을 들고 그림을 그릴 수 있다는 것이 기쁜 일이며 지인들을 만나면 차가운 맥주 한 잔 들이켜며 세상사는 얘기하는 것도 기쁜 일이다. 노곤해진 몸 이끌어 차를 타고 가다 어느 시골 풍경이 눈에 들어와 차를 멈춘다. 주위를 바라보면 봄의 대지는 녹은 봄물이 흐르고 나무와 꽃의 잎눈과 꽃눈이 터뜨릴 준비를 하는 물오른 가지를 볼 때 얼마나 신비하고 감동스러운가!

해 지는 저녁 하늘 산책길에서 명상을 하며 내가 미처 생각지 못했던 나의 실수를 깨달아 그 친구에게 "미안해" 하며 사과하고 싶은 이 마음도 기뻐할 일이고, 이 저녁 길에 만나는 작은 꽃들과의 조우에도 기뻐할 일이다. 우리가 만나는 소소한 일상에서 기뻐할 수 있는 일들이 이토록 많음에도 우리는 그것들을 느끼지 못하고 무시하며 잊어버리고 살지는 않고 있지 않을까?

그렇다면 그만큼의 행복과 만족감을 버리고 있다. 작은 일에 행복을 느낄 수 있다면 우리는 행복 부자다. 느낀 만큼 행복 횟수가 늘어나고 행복지수가 높아진다. 우리는 살면서 먼저 나의 고통을 생각하고 나의 절망을 생각하며 나의 불행만을 생각하며 이 세상을 살아가고 있다. 마치 내 불행이 제일 크고 나 혼자 절망에 빠져 있고, 나 혼자 고독한 것처럼 생각한다. 세상 사람들은 저마다 상처와 염증을 지니고 살고 있다. 사람에 따라서 그것을 숨기다 상처가 커지는 사람도 있고 드러내놓고 약을 바르고 상처를 잘 치료하는 사람이 있을 뿐이다.

이제부터라도 내 주위를 돌아보자. 나만 아프다는 어리석은 생각을 버리자. 그리고 일상에서 일어나는 작은 일에서 기뻐할 일을 찾아 그것을 기뻐하자. 소소한 일상 속의 풍경을 향유하고, 지금 이 순간의 생에서 기뻐하고 즐거워하면서 살아가자.

애착

여자들은 거울에 비친 자기 자신을 보면서 예쁘지 않은 모습도 포착하지만 아름다운 모습을 많이 보고 나르시시즘에 빠진다. 요즘의 셀카로 담은 모습을 보여주는 행동도 나르시시즘의 심리에 의해 자신 있고 당당한 자신의 모습을 보여주는 것이리라. 나도 셀프 포트레이트를 자주 찍는다. 그냥 웃는 모습과 행복한 모습, 즐거운 모습을 많이 담는다. 그걸 보는 사람들은 그 샷의 표정만 보고 즐겁게 사는 것이라 생각한다. 그러나 모두 알겠지만, 그것은 생의 연출된 한 부분일 뿐이다. 요즘 달라진 것이 있다면 작가 선생님의 강의를 듣고 전에 해보지 않던 시도를 해본다. 아침 시간에 창 커튼의 레이스 무늬가 그대로 벽에 비추는 것을 보고 그 그림자를 얼굴에 넣어 사진을 찍고 싶었다. 그림자 비춘 벽을 보면서 얼굴에 그림자를 비추게 해서 찍은 사진이 생각났기 때문이다. 누군가 도와주지 않는다면 참 어려운 작업이다. 신디 셔먼이란 작가는 이슈화된 인물의 모습을 자신이 직접 재현해서 카메라에 담는 작업을 하는 유명한 작가다. 그러나 전신을 담는 샷이기에 다른 이의 도움을 받아서 작업을 해서 셀프 포트레이트라 하기엔 무리인 듯하다. 신디 셔먼도 처음엔 나르시시즘에 의해 시작하지 않았을까 하는 엉뚱한 생각을 잠시 해본다. 나르키소스가 자신의 모습을 비추었던 샘에 나르키소스의 눈에 비친 자신의 모습을 사랑했다고 한다. 인간의 자그마한 나르시시즘은 귀엽기도 하다. 아무튼 도구를 이용해 내 모습을 타자화해 담아내는 것이 흥미롭다.

드라이브

잠시 시간이 나 진한 에스프레소 한 잔 마시면서
이 글 쓰고 있어.
같이 꽃길을, 호숫가로 난 구불구불한 길을
드라이브하면서 음악을 듣는 시간이었으면
참 좋았을 텐데 아쉽기만 하구나.
봄꽃 피고 연둣빛으로 물들어가는 산을 보노라면 흥분되어 저절로 기분이 좋아지지.
혼자서 음악 틀어놓고
운전하는 시간이라기보다는
나를 돌아볼 수 있는 사유를 갖게 하기 때문이지.
내가 상처를 준 이에게는 미안함을 갖고
나에게 상처를 준 이는 사랑한다, 미안하다 웅얼거리면서
그 사람을 무심하게 대해지기를 바라지.
그러다보면 내가 상처를 준 이가 더 많이 생각나고
내게 상처를 준 이는 신기하게 미움도 사라지고 무덤덤하게 돼.
나만의 방법이지.

비에 씻기는 미세먼지처럼
봄날 드라이브로 마음의 미세먼지 툴툴 털어버리지.

몰입

내면으로부터 나오는 빛으로 아우라를 지닌 사람은 굳이 사람들에게 자신을 알리기 위해 애쓰지 않는다. 자신이 하고자 하는 일이나 주어진 일에 최선을 다한다. 그들의 모습은 섹시하면서 아름답다. 나는 몸이 근육질이거나 몸매가 좋은 남자가 섹시해보인 적이 없다. 흰 셔츠의 소매를 걷고 사무실에서 열심히 사무를 볼 때나 노동현장에서 땀 흘리며 일에 빠져 있을 때, 그리고 글을 쓰면서 생각에 잠겨 있을 때 예술가가 작업에 몰입해 있는 순간 그 남자는 섹시하고 아름답다. 아마도 그이는 누군가 보고 있다는 것도 알아채지 못할 것이며, 누군가에게 보이기 위해서 일에 집중하지 않는다. 단지 일을 즐기며 몰입함으로 집중하며 그렇게 삶이 지속될 때 그 남자의 아우라가 만들어진다.

내게로 온다/ acrylic on canvas/ 91×72.5㎝

황홀

초승달 보이는 진홍빛 석양
미치도록 아름답다.
싫은 사람과 같이 있으면 황홀한 지옥이요,
좋은 사람과 같이 있으면 황홀한 천국이다.
이 황홀은 오직 오늘의 것!
내일은 내일의 무언가가 있겠지
황홀한 지옥이라도 황홀은 좋은 것….
오늘은 나의 황홀이다.

초록 안개

봄비 오는 아침
연두에서 초록으로 옷 갈아입는지
산들이 안개로 문 닫아걸었다.

겨울 무늬/acrylic on canvas/ 53×41cm

번뇌

욕망은 있으나
성실함이 부족하고

열정은 있으나
치열함이 부족하다.

우물

모든 심오한 깨달음은 차디차게 솟구쳐 오르게 마련이다. 정신 속 더없이 깊숙한 곳에 자리하고 있는 우물은 얼음장처럼 차갑다. 뜨겁게 달아오른 손에게, 그리고 뜨겁게 행동하는 자들에게 그것은 상쾌한 기운이 된다. — 니체 『차라투스트라는 이렇게 말했다』 중에서

누군가 내게 그랬다.
깊은 우물이 되라고….
많은 시간이 흘렀는데도
화두처럼 기억에 남아 있다.
나는 지금 뜨겁게 달아오른 손과
뜨겁게 행동하는 자들에게
상쾌한 기운이 되고 있는가?

경험

무언가 경험했다면 거기엔 이미 상상력이 개입한다. 한 영화를 두 사람이 보고 난 후 쓴 글을 봤을 때 판이하게 다른 글이 나올 수 있는 것은 경험에 상상력이 더해져 쓰여졌기 때문이다. 어떤 글을 쓰든지 작가가 경험에 그것을 확장 혹은 수축시키는 상상력이 필요하다. 작가의 상상 속에서 글의 소재를 이끌어냈다 해도 작품 속 등장인물의 감정이나 사유 심리적 측면에 작가의 경험적 성찰이 들어갈 수밖에 없다.

숲의 사유/ acrylic on canvas/ 72.5×91㎝

Simple life

내가 지향하는 삶이다.
집안에 물건을 사들이지 않는다.
음식 담을 그릇 몇 개 있으면 되고
덮고 잘 이불 있으면 그만이다.
물건에 집착이 없으니
그만큼 작업에 몰두할 수 있다.

여백

살아가면서 참 많은 것을 취한다.
물질적으로든 정신적으로든 너무 많은 것을 취하니 둘 곳이 마땅치 않다.

쓰임새가 없는 물건이라면 버려야 마땅하나 미련한 마음에 구석에 쌓아두고 있다. 결국 공간이 차버려 쉬는 공간에서도 보이는 것들에 눈이 피곤하고 스트레스 쌓인다.

부처는 텅 빈 허공에 꽃을 들어 여백 속에 아름다움을 보여주었다. 뒤에 서 있던 가섭만이 부처의 의도를 알아차리고 지은 염화미소.

손에 들고 있는 꽃에만 관심이 있지 텅 빈 공간이 있기에 더 아름답다는 것을 알지 못하는 사람들.

나도 그렇다.
여백이 주는 아름다움과 편안함을 놓치며 살고 있다.

비어 있음으로 채워지는 것들이 있다.

명상 1

새들이 노래한다. 개가 짖고 닭도 존재감을 알려온다. 멀리 산을 본다. 아직 형태가 눈에 보이지 않는 새벽 빛이다. 가부좌를 틀고 손을 양 무릎 위에 얹는다. 날숨과 들숨 호흡에만 신경을 쓴다. 생각이 흘러간다. 머리를 비운다. 머리를 비워야만 새로운 생각을 할 수 있다. 가득 담겨 있는 그릇에 음식을 더 담을 수 없듯이 생각이 가득찬 머리에서는 상상력도 창의력도 생길 수가 없다. 사랑과 미움의 감정을 가슴속 깊이, 혹은 머릿속 깊이 간직하고 있다면 그 감정에 함몰되어 다른 그 무엇도 생각할 수가 없다. 그리고 병이 찾아온다. 명상이 필요한 이유다. 눈을 감고 호흡에만 집중함으로써 다른 모든 것을 떨쳐버리고 생각에서 벗어날 수가 있다. 그러므로 문제가 있는 일들도 좀 더 객관적으로 다가가서 해결책을 찾을 수가 있다. 아침에 명상하는 이유다.

명상 2

요즈음의 내 생활은 곱지 않다.

추하게 물들어가고 있다는 것이 온몸으로 느껴진다. 분노하는 마음을 지니고 있다던가, 음식을 앞에 놓고 절제하지 못하고 먹고 싶은 대로 입에 넣는다든가, 술은 항상 채워놓고 끝까지 마신다든지 하는 삶의 패턴이 나를 우울하게 한다. 몸도 정신도 망가지고 있다고 생각한다. 우아하고 고요하게 물들어가자. 아침 명상을 하며 떠오르는 생각들을 적어본다.

옆에 있는 사람을 소중히 생각한다.

좋은 사람이 곁에 있는 삶은 부드럽다. 침묵해야 할 때는 침묵하고 웃어야 할 때 함께 웃을 수 있는 사람이 곁에 있다는 것은 얼마나 멋진 일인지. 이런 사람과 같은 시간을 살아가고 있다는 것은 축복받은 일이다.

내가 받고자 하는 마음을 버린다.

기쁨을 선사하려는 마음으로 살면 마음이 편하다. 누군가를 기쁘게 해주기 위해 생각을 한다는 것 또한 삶을 곱게 물들이는 것이다. 현재에 충실하고 즐기기, 불평불만으로 현재를 살아가는 것이 아닌 주어진 삶에 충실하고 즐긴다면 쾌활하고 명랑한 색이 기본으로 만들어진다.

선의 사유/ oil on canvas/ 72.5×91㎝

현재의 시간, 충실함으로 즐긴다.

지금 이 시간은 다시 오지 않을 시간이다. 흐르는 물이며 지나가는 바람이다. 잡히지 않고 지나가는 시간이 무력해지게도 한다. 현재의 기쁨과 즐거움을 잡아둘 수는 없다. 그러나 이 시간을 뇌에 간직하고 가슴에 품어 좋은 마음을 오래도록 유지할 수 있다. 사소한 즐거움과 순간의 기쁨이 모여 인생이 만들어진다.

산과 바다의 풍경을 보고 감탄하는 순간 굵고 간결한 획이 그어진다. 도시의 골목길을 걷다 맡게 된 된장찌개 냄새는 어릴 적 향수를 꺼내 행복한 색을 만든다. 어쩌다 타인으로 받은 상처는 검고 우울한 색이 된다. 그럴 때 도시의 고궁을 걷거나 넓은 숲을 걸으며 싱그러운 색을 칠한다. 연분홍 봄꽃과 정열의 붉은 여름과 노랗고 연보라의 가을과 하얀 겨울을 살아내며 고운 색으로 물들여간다.

내 안의 아이를 만난다.

상처받은 아이를 토닥거린다. 말의 상처로 핏물이 들어 돌부리와 같이 솟기도 하고, 움푹 파이기도 한다. 나는 또 그 옆에 작은 꽃 한 송이 들여놓는다. 좋은 사람들과 자잘한 대화는 점처럼, 짧은 선처럼, 은하계처럼 무리를 이룬다.

금강석처럼 단단해진 내면의 아이가 춤을 춘다.

단단하게 웅크리고 있었던 아이는 까르륵대며 뛰어다니고 얼굴에는 기쁨이 충만하다. 기쁘고 고요한 색들이 즐겁게 조화롭다. 은은하게 어우러져 하나의 고운 색이 된다.

사유

디지털 시대에 살고 있지만

아날로그 감성이 살아 있다.

혈관에 피가 흐르는 인간이므로

디지털만 가지고는 행복을 느낄 수가 없다.

우리가 살아가는 데 서구의 것을 좇을 것이 아니라

동양의 정신을 사유해

무엇인가를 만들어내야 한다.

방하착放下著

욕심내지 말고
집착하지 말며
언어에 구속되지 말고
인연에 구속되지 말며
오늘은 최선을 다해서
인생은 되는 대로
비 오는 화요일엔
빗소리 들으며
내 삶의 주인공으로!

창조의 첫걸음은 자기 성찰이다

고대로부터 인간의 내면에는 자기 표현의 욕구가 있어 언어·음악·그림 등으로 표현해왔다. 이성적 동물인 동시에 감성적 동물인 인간은 주변 환경인 사회현실의 영향을 받아 그 시대의 사회현실과의 부조화나 갈등을 표현한다. 작품을 통해 인간의 삶을 성찰하고 해결을 위한 고리를 연결시킨다. 이처럼 어떤 재료로 예술활동을 하는 데 있어서 중요한 것은 끝없는 자기 성찰이다. 의문을 갖고 그 의문에 대한 답을 찾아가면서 진정 말하고자 하는 주제를 찾아내고 그것을 표현한

밤과 새벽 사이(2022년)/ acrylic on canvas/ 135×75㎝

다. 이때 항상 상기시켜야 할 것은 상투적이고 진부한 것들이다. 자기 성찰이 없거나 자신의 철학이 빠진 작업은 예술이 아닌 기능만 가지고 만드는 기술이 된다.

우리가 기술자가 아닌 창조자가 되기 위해서는 무엇이 필요한가. 새로운 것을 만들어내기 위해서는 관찰력과 직관력 그리고 풍부한 경험이다. 경험에는 여행이나 일을 통해 하는 직접 경험도 좋지만, 독서를 통해 옛 사람들의 지식을 알고 사유하면서 깨우쳐가는 간접 경험이 중요하다. 이런 다양한 경험이 축적되어서 예술을 하는 데 자료가 되고 연료가 된다. 결국은 창조자가 표현하는 것은 자기 자신이다. 사회에서의 성공과 소유에 대한 욕망이 우리들의 인생을 조급하게 하고 다급하게 몰아간다. 나의 욕망과 현실에서 오는 괴리감 속에서 정신은 항상 깨어 있어야 하며, 아니라고 생각하는 일에는 '아니오'라고 대답할 수 있어야 한다.

세상에서 하는 기대와 관례에 부응할 필요는 없다.
지속 가능한 가치를 지향하라.

순리

흐르는 물처럼 순리대로 살면 편하다. 그러나 삶은 내 맘대로 흘러가지 않는 것이라 하든가. 살아가면서 삶을 역행해간 적이 없다. 그것은 내 DNA가 그렇게 만들어진 탓도 있을 테고 후천적으로 만들어지기도 했을 터이다. 그러나 어그러진 만남이 있으면 살아가는 것이 바람 부는 반대 방향으로 가려는 것 같은 고통이 함께한다. 공감하지 못하고 성격이 맞지 않아 하는 일이나 말들이 공허하게 허공에 맴돈다. 바람이 부는 대로 걷는 길은 상쾌하다. 물 흐르는 대로 흐르면 편안하다. 부는 바람과 흐르는 물을 헤치고 가려니 힘은 바닥나고 지쳐 포기하기 쉽다. 아직 가야 할 길은 멀다.

순리대로 살기 위해선
함께하는 사람이 얼마나 중요한지….
공유하는 일이 있으면 대화가 되고
공감할 수 있는 일이 있으면 연대감이 생긴다.
서로가 서로를 존중하는 관계는
삶의 질을 몇 단계 업그레이드시킨다.

화양연화花樣年華

우리 인생에 화양연화는 어디쯤일까?

여린 감성의 순수했던 소녀 시절엔 그저 좋았고 사랑과 꿈을 좇는 시절이다. 그 시절은 조금씩 색을 물들이는 순수한 순백의 시간이다. 스무 살 시대는 암울하고도 방황하던 나날들로 매운 최루탄 가스에 눈물 흘리며 아름다운 노래를 부르면서도 가열차게 생을 생각하고 미래를 생각하고 국가를 생각하며 밤을 지새우기도 하던 아름다운 날들이다. 그러면서 사랑을 하고 헤어지는 것이 아쉬워 함께 있기를 소망해 결혼하고 어여쁜 아이들도 생긴다. 그 시간은 어쩌면 모성으로서의 화양연화의 시기다. 아내로서, 엄마로서의 삶도 아름답다. 내 생의 화양연화라면 내가 하고자 하는 일에 온전히 몰두할 수 있는 일을 하면서 성취감과 뿌듯함을 느낄 수 있는 그 시절이 아닐까? 젊은 시절 그런 생을 살고 있다면 더할 나위 없는 멋진 인생이다. 그러나 나이들어 묵묵히 자신이 좋아하는 일을 하면서 한 길을 가는 사람의 모습은 아름답기만 하다. 어떤 삶이든 자신이 즐겁고 행복을 느끼는 그 시간이 내 생의 화양연화가 아닐까?

지금, 이곳에서의 생도 화양연화이다.

그것을 자각하지 못하고 그냥 지나치는 수많은 시간!

후

안개 속으로 아침이 숨는다.
빗방울 사이 작은 새 노래하고
물의 숨소리 촉촉하다.

순한 슬픔 머금은 이파리
비의 속삭임에 파르르 떨린다.

구멍난 하늘에 빛이 흐르고
나는 잠시,
잃어버린 시간에 머문다.

구겨지고 뭉개진 풍경 속,
새소리 들으며
너에게서 흘러내리던 여름 과일 냄새를 맡는다.

밤마다 나누던 사랑의 언어 소멸되고
어둠 속 희미한 촛불 사그라들 때
밤벌레도 노래를 멈춘다.

태풍이 지나면서 창을 두들긴다.

그대에게/ acrylic on paper/ 27×20㎝

푸른 아침이 다가온다.

나는 또 내가 모르는 오늘을 살아가야지.

소망

지적인 매력을 풍기는 사람이 좋다.

살아가면 어쩔 수 없는 중력의 법칙에 의해 늙어 주름지고 자세가 흐트러진다. 뇌의 활동도 예전에 비해 많이 떨어지고 순발력도 떨어진다. 나이듦으로 편해지는 순간 긴장을 놓고 아무렇게나 살게 될 수도 있다. 그런데 나이들수록 아름다운 모습을 유지하는 사람이 있다. 지적인 아우라가 풍기면서 품격 있고 우아하면서도 유머 감각이 살아있는 사람이다. 그(녀)를 만나게 되면 몹시 흥분되고 행복하다. 일상적인 대화를 하면서도 아름다운 언어를 구사하고 논쟁에 돌입해도 부드러운 언어를 놓치지 않는 그, 혹은 그녀를 보면 나도 같이 동화되어 목소리 톤이 낮아지고 그에 맞춰 대화해간다. 연출하려 해도 불가능한, 품격 있게 나이들어가는 것이 쉽지는 않다.

그러나 나는 소망한다.

나도 그리 나이들어가기를.

전시에 부쳐

미술을 왜 하는가. 미술을 통해 내가 얻고자 하는 것은 무엇인가. 미술은 내게 어떤 영향을 주고 있는가. 미술을 통해 정치를 고발하고 환경 파괴로 인한 지구의 위기를 말한다. 자연의 아름다움을 만난다. 그리고 개인의 트라우마를 말한다. 이번에 하는 전시회는 나에 대한 개인적 서사다. 나의 아픔과 상처를 말하고, 그것을 어떻게 치유했는지에 대한 서사다. 트라우마를 어떻게 극복했으며, 치유를 하기 위해 어떤 일을 해왔는가에 대해 보여주는 것이다.

엄마의 병으로 인해 함께 살며 대화를 하면서 내가 어떻게 살아왔는지를 알게 되었다. 나는 내가 어떻게 사는지 생각도, 사유도 하지 않고 살았다. 목표를 가지고 어떤 사람이 되겠다거나 무엇을 하겠다거나 하는 꿈은 꾸지도 않고 살았다. 그저 엄마에게 잘해야 한다는 생각만 하며 살아왔다. 모녀지간의 정이 돈독해 그런 것은 아니다. 그저 관성처럼 당연히 그렇게 살아왔다. 내가 애살맞게 전화해 엄마와 수다를 떤 기억은 없다. 의무감으로 전화를 하고 일상을 묻고 다독거리다 전화를 끊곤 했다. 생일이면 선물을 하고, 명절이면 용돈을 챙겨 드렸다. 내가 병에 힘들고 경제적으로 힘들어도 계속해왔던 일이다. 그러나 그런 것들은 사랑에 의한 것이 아닌 의무감에 의한 것이다. 전화를 하고 아프다 하면 달려가지만, 가슴이 아프지 않았다. 그럼에도 불구하고 나의 온 정신은 엄마에게 가 있다. 외양으로는 정다운 모녀처럼 살지 않지만 나는 모든 시간 엄마를 의식하며 살고 있다. 어느 순간 그런 것들이 애정 결핍에 의한 행동이라는 것을 알게 되었다.

30대 중반에 긴장성 두통이라는 병을 얻었다. 처음 증상은 눈꺼풀이 올라가지 않아 운전하며 접촉 사고를 자주 냈다. 뇌의 전두엽은 면도날로 오리는 것 같은 날카로운 통증이 시작되었다. 그리고 세월이 흘러 내 왼쪽 얼굴은 항상 긴장되어 있어 이를 앙다물고 있다. 그로 인해 오는 통증… 수많은 병원에서 검사하고 치료를 받았지만 나아지지 않았다. 어떤 원인도 찾을 수 없는 병이었다. 그 병은 일상이 되었다. 원인을 찾을 수 없었던 그 병이 '엄마, 나를 좀 봐줘' 하는 신호였다는 것을 알게 되었다. 엄마는 지속적으로 나를 방치했다. 나를 낳고 나서 윗목에 내던졌는데 아버지가 집에 들어오지 않아 그런 것 같다며, 산후우울증이었던 것 같다고 했다. 그러나 엄마는 그 후에도 나를 방치했다. 당신의 권위와 체면에 먹칠이 되는 행동을 하면 매를 들어 혹독하게 때렸다. 그러나 딸이 잘되기 위해라든가 공부 좀 잘하라고 훈육하며 매를 든 적이 없다. 지금까지 살아오면서 나를 보고 웃으며 말한

적이 없다는 것을 떠올린다. 엄마의 미소가 떠오르지 않았는데 사람들과 이야기하면서 웃는 엄마의 얼굴을 보았다. 나를 보며 미소를 지을 정도로 좋았던 시간이 한번도 없었던 것일까.

살 만큼 산 나이에 그 사실은 깨달았다. 살아갈 의미가 없어졌다. 살아온 삶은 하찮고 비루했으며, 존재 가치가 없었다. 나는 그저 살아 있으니 사람이었다. 머리의 통증이 극에 달했다. 약이 얼마 남지 않은 상태에서 금오도엘 들어갔다. 아무것도 생각나지 않았고, 아무것도 하고 싶지 않았다. 그저 비렁길을 걸었고, 바다를 보았다. 신기하게도 목에 치밀어오르는 욕지기가 생기지 않았다. 신경안정제를 먹는 이유로 가장 큰 부분이 욕지기 때문이다. 목에 덩어리가 치밀어오르면 구토증이 생기고, 신물이 나고 어지럼증에 시달렸다. 증상이 생기면 아무것도 생각나지 않고 오로지 그 증상을 달래느라 다른 것에 신경쓸 겨를이 없었다. 신경안정제를 먹으면 그 증상이 완화됐다. 그런데 엄마와의 관계를 깨닫고는 내 삶이 하찮고 비루한 삶이었다는 것을 앎과 동시에 그 증상이 없어졌다.

시간이 흘렀다. 그 후로 엄마와 불화의 시간을 보낸다. 약을 끊어 가고 있다 목에 치밀어오르는 증상이 없어졌으나 여전히 머리 한쪽은 통증에 시달린다. 하루 걸러 약을 먹거나 이틀, 사흘에 한번, 그리고 일주일에 한번 먹다가 요즘 들어서는 날짜를 잊은 채 괴롭고 힘들 때 약봉지를 털어넣는다. 병원에 가서 한 달치 약을 지어온 지 5개월이 되어가고 있다. 아직도 나에게는 약이 남아 있다. 통증은 있다. 엄마와 관계가 해결되면 통증이 없어질까….

이번 전시와 책 출간은 나의 아픔과 상처를 치유하기 위한 한바탕 굿을 하는 판이다.

바람이 되어 넘다/ acrylic on canvas/ 360×136㎝

김서희 에세이
황홀, 오직 오늘의 것

지은이_ 김서희
펴낸이_ 조현석
펴낸곳_ 북인
디자인_ 푸른영토

1판 1쇄_ 2022년 03월 25일
출판등록번호_ 313 - 2004 - 000111
주소_ 121 - 842 서울 마포구 서교동 460 - 34, 501호
전화_ 02 - 323 - 7767
팩스_ 02 - 323 - 7845

ISBN 979-11-6512-047-4 03810

책값은 뒤표지에 있습니다.
저자와 협의 아래 인지를 생략합니다.